천극의 서

天極之書

권인호 신무협 장편소설

ORIENTAL FANTASY STORY & ADVENTURE

6

dream books
드림북스

천극의 서 *6*
천하오절의 이름으로

초판 1쇄 인쇄 / 2011년 7월 18일
초판 1쇄 발행 / 2011년 7월 29일

지은이 / 권인호

발행인 / 오영배
편집팀장 / 신동철
책임편집 / 문보람
편집디자인 / 신경선
펴낸 곳 / (주)삼양출판사 · 드림북스

주소 / 서울특별시 강북구 송천동 322-10호
대표 전화 / 02-980-2112 팩스 / 02-983-0660
편집부 전화 / 02-980-2116 팩스 / 02-983-8201
블로그 / blog.naver.com/dreambookss

등록번호 / 제9-00046호
등록일자 / 1999년 3월 11일

값 8,000원

ISBN 978-89-542-3979-0 04810
ISBN 978-89-542-3675-1 (세트)

* 지은이와 협의하에 인지는 생략합니다.
* 잘못된 책은 구입한 곳에서 바꾸어 드립니다.

天極之書
권인호 신무협 장편소설
6
dream
books
드림북스

목차

제1장

천풍, 바람이 되다

천극의 서

그것은 임기응변의 절정이었다.

혜광이 살아오면서 했던 수많은 거짓말 중에 단연 최고봉이라 할 수 있었다.

먼 훗날 어린 손자가 '한 번만 더 들으면 백 번이에요' 라며 투정을 부려댈 젊은 날의 무용담…….

그랬다. 그것은 사골 우려먹듯 두고두고 우려먹을 수 있는 자랑거리가 될 수도 있었다.

복면인들이 그 자리에서 독약을 깨물고 자결만 하지 않았다면……. 장경각과는 아무 상관이 없는 그들이었건만 소림승들에게 포위되자 시시비비를 가리려고도 하지 않고 대뜸 독약을 물고 자결해 버렸다.

연유야 어쨌든 자신들이 속한 단체에 대한 비밀만큼은 목숨을 걸고 지키겠다는 결연한 충정이었을 것이다. 그러나, 그들이야 사문에 대한 충정을 다한 거겠지만 자신의 거짓말로 엉뚱하게 괜한 목숨 여섯이 황천길로 가 버렸으니 혜광이 받은 충격을 어찌 다 말로 표현하겠는가.

아니, 차라리 그것까지는 괜찮았다. 어차피 복면인들이 선량한 사람들이 아니라는 것은 도문의 남양 지부에서 충분히 보고 느꼈던 바였고, 이미 벌어져 버린 일에 오래 미련과 후회를 둘 성격도 아니었으니까. 오히려 그렇게 자살을 해 준 덕분에 혜광의 거짓말은 증거를 남기지 않게 되었으니 혜광으로서는 다행한 일이었다.

거기다 일이 풀리려는지, 길옆에 아무렇게나 내팽개쳐져 있는 천풍을 보며 혜정이 그저 흔하디흔한 술주정뱅이 정도로 보고 대수롭지 않게 넘겨 버린 것도 참으로 천운이 따라 준 것이라 할 수 있었다.

'하긴, 술 냄새 풀풀 풍기며 곯아떨어져 있는 녀석을 그놈들과 한 부류로 판단하는 것은 애초부터 무리였을 테지만…….'

진현의 선견지명인지, 아니면 부처님의 지극한 가호인지, 어쨌거나 그렇게 간밤의 소란은 일단락되는 듯했다. 하지만 마음을 채 놓기도 전에 일이 터져 버렸다.

호사(好事)에는 다마(多魔)라 했던가? 일이 너무도 쉽게 척척 잘 풀린다 싶었더니 마지막에 가서 가장 근본적인 문제 요소 하나가 툭 불거져 나온 것이다.

사라진 장경각 비급들의 행방이 그것이었다.

복면인들이 도둑이고 그 도둑을 잡았다. 한데 그들이 훔쳐 간 비급들은 회수는커녕 단 한 권도 발견하지 못했다.

혜광의 거짓말을 진실이라 철석같이 믿고 있는 소림사가 생각할 수 있는 것은 하나뿐이었다.

'다른 공범이 있다.'

자결한 복면인들 외에 다른 공범이 있어 미리 비급서들을 빼돌린 것이 틀림없다.

그때 혜정의 머릿속에 천풍이 떠오른 것은 혜정의 머리가 지나치게 비상해서도, 유별나게 감이 좋아서도 아니었다.

'멍멍' 소리에 이웃집 황구를 떠올리는 것만큼이나 지극히 당연하고 필연적인 것이었다. 그도 그럴 것이 그가 처음 장경각에 도둑이 든 것을 알게 된 계기가 장경각 안에서 풍겨 나던 주향이었으니 말이다.

코를 찌르는 주향과 코가 삐뚤어지도록 취해 있던 천풍을 하나로 연결짓는 건 당연한 수순이었다.

'그자일지도 모른다.'

술에 취해 곯아떨어져 있던 것도 혹시 연극은 아니었을까?

어차피 지푸라기라도 잡아야 하는 상황이었다. 비록 여러 모순들이 깔려 있었지만 그런 것을 일일이 따질 만한 여유가 없었다.

그리해 소림사가 천풍의 행방을 쫓기 시작했고 그전에 다급해진 혜광이 먼저 천풍을 찾았던 것이다.

그런데 정작 이 모든 사태의 절대적인 책임자인 천풍이 천리만리 도망치고 있어도 모자랄 판국에 소림사 담장 아래에서 태평하게 잠을 청하고 있으니 정말이지 미치고 환장할 노릇이었다.

"자네가 여길 어떻게……?"

여전히 사태 파악을 못 하고는 혜광의 등장에 멀뚱멀뚱거린다. 그 멍청한 얼굴을 보고 있자니 속에서 천불이 나는 혜광이다.

"그러니까 도망은 안 가고 여기서 뭘 하고 있냐니까!"

"도망이라니?"

"지금 본사에서 십팔나한까지 대동하고 네 녀석을 잡으러 오고 있는데 '도망이라니?' 라는 말이 나와? 제정신이냐?"

"아…… 그럼 역시 장경각에 들었다는 도둑이 나였던 건가?"

"뭐? 그런 무시무시한 사고를 쳐 놓고, 지금 설마 까먹고 있었다는 소리냐?"

"아니, 어렴풋하게 기억이 나긴 하는데……."

"아아, 그건 됐고."

혜광은 이젠 더 따지기도 질린다는 듯 손을 휘휘 내저었다.

"이러고 있을 시간도 없으니까 얼른 피하기나 해."

"피할 일이 아니지 않은가? 내게 잘못이 있는 것이 확실하다면 마땅히 그 벌을 받아야……."

"지금 무슨 소릴 하는 거야? 다 같이 죽자 이거냐?"

"다 같이 죽다니? 죄는 내가 저질렀으니 벌이야 나만 받으면 될 일 아닌가?"

"네 녀석을 장경각에 들인 게 누군데? 게다가 네 녀석을 살려 보려고 내가 무슨 짓을 했는지 알기나 하고 그런 속 편한 소리를 하는 거야? 그 때문에 사람이 다섯이나 죽었다고!"

"사람이 다섯이나 죽다니? 그건 또 무슨 소린가?"

도무지 영문 모를 소리다. 그 속 편한 표정이 또 혜광의 살인욕구를 불러 일으킨다.

"하! 그놈의 기억 참 편리하기도 하네. 곤란한 것들만 속속 다 잊어버리는군. 긴말할 것 없고. 네 녀석이 이대로 본사에 잡혀 들어가면, 그래서 잘못 입을 놀리기라도 하는 날에는 네 녀석은 물론이고 나와 진현 그놈마저도 깡그리 죽은 목숨이 된다는 것만 알아 둬. 특히 나는 외인을 장경각에 들인 것으로도 모자라 기사멸조의 죄까지 범했고, 의도한 일은 아니지만 그 때문에 애꿎은 목숨 다섯이 죽었으니 본사에서 내릴 수 있는 최악의 극형은 떼 놓은 당상이라 이 말이야. 정녕 내가 그 같은 꼴을 당하는 게 보고 싶어? 그럼 이대로 순순히 본사에 잡혀가시든가."

혜광의 말은 농담처럼도 과장처럼도 들리지 않았다. 장경각에서의 그 일 말고 다른 뭔가가 또 있었던 모양이다.

그제야 사태의 심각성을 재인식하는 천풍이다.

소림에 잡히면 안 된다. 그 혼자라면 모를까, 거기에 혜광과 진현의 안위까지도 걸려 있다.

모든 게 아직 어리둥절하기만 한 천풍이지만 결단은 빨랐다.

"어디로 가야 하지?"

"어디로든 멀리. 도망갈 수 있는 한 최대한 멀리 도망가. 가능하면 흔적 같은 건 남기지 말고. 물론 그래 봐야 소림의 눈을 벗어나긴 힘들 테지만…… 뭐, 그건 내가 추격대에 합류해서 어떻게든 해 볼 테니까."

"괜히 내가 자네들까지 곤란케 한 것 같아 면목이 없네. 그러나, 설혹 소림에 잡힌다고 해도 자네들에게 피해가 가게끔 하는 일은 절대로 없을 것이니 너무 심려치 말게."

"그런 소리 할 시간에 한 걸음이라도 더 멀리 달아나기나 하셔!"

*　　*　　*

'결단코! 다시는! 절대로! 술은 마시지 마! 여럿 인생 아작나

게 할지도 모르니까!'

진저리를 치듯 그렇게 말하며 다짐을 받은 혜광은 추격대에 합류해야 한다며 곧장 소림으로 돌아갔다.

천풍은 그 길로 풍천을 찾았다.

지금 같은 상황에선 오히려 짐이 될 수도 있는 풍천이다. 실제로 풍천을 타고 가는 것보다 천풍 혼자서 내달리는 게 더 빠르기도 할 터였다.

하지만 가뜩이나 한 끼에 은자 석 냥 어치를 먹어 치우는 녀석이다. 그가 돌보지 않으면 굶어 죽거나 잡아먹힐 게 뻔했다. 그러니 아무리 사정이 급하다고 해도 그냥 버려 두고 갈 수는 없는 노릇이었다.

푸흐흥 푸륵푸륵!

점소이의 안내를 받아 마구간으로 가자 풍천이 콧바람을 불어대며 반갑게 얼굴을 가져다 댄다.

한데, 어쩐 일인지 조금 전과 별반 달라진 것이 없었다.

천풍이 의아히 점소이를 보자 점소이가 죄송하다는 듯, 그러면서 심히 억울하다는 듯 변명을 늘어놓았다.

"그게…… 소인이 정말 한 시진 동안 붙들고 씻고 닦고 별 짓을 다 했는데도 태어나기를 워낙에 비루먹은 망아지 꼴로 태어난 놈인지라……."

정말이지 은자 두 냥에 전혀 부끄럽지 않을 만큼 열심히 최선을 다했다. 하지만 원판 불변의 법칙을 들먹이지 않더라도 태생부터가 워낙에 볼품없는 모양새인 것을 어찌하랴. 그나마 코를 찌르던 고약한 냄새를 이만큼이라도 잡은 것만으로도 기적이요, 역사다.

천풍을 보는 점소이의 눈은 그렇게 말하고 있었다.

그러나, 천풍이 점소이를 본 것은 그 때문이 아니었다.

"부탁했던 안장과 고삐는?"

앞으로 데리고 다니려면 아무래도 안장과 고삐는 있어야 할 듯해서 잠자리에 들기 전에 미리 점소이에게 지시를 해 두었다. 한데 어쩐 일인지 풍천은 여전히 알몸 그대로였다.

천풍의 물음에 언제 죄스러운 표정을 지었느냐는 듯이 짜증스레 인상을 팍 구기는 점소이다. 그러고는 고개를 잘래잘래 저어댄다.

"어휴! 말도 마십쇼. 이놈 이거, 고삐에 목을 매고 죽은 귀신이 붙은 것이 틀림없습니다요. 고삐만 가져다 대면 아주 생지랄 발광을 해대는데, 하마터면 발굽에 차여서 이승 하직할 뻔했지 뭡니까요. 안장도 마찬가지굽쇼. 이놈한테 안장과 고삐를 채우는 일은 일찌감치 포기하심이 심신 건강에 좋을 것입니다요."

은자 두 냥은커녕 억만금을 줘도 그것만큼은 못 하겠다는 듯 학을 뗀다.

그러고 보니 마구간 안이 엉망진창이었다. 구석에는 안장과 고삐가 아무렇게나 뒤엉켜 있는 것이, 점소이와 풍천이 벌인

사투의 흔적인 모양이었다.

천풍은 곤란한 표정으로 풍천을 보았다.

얼마나 오래, 얼마나 멀리까지 가게 될지 모르는 여정이다. 안장도 고삐도 없이 기약 없는 여정을 하자면 그 불편함이 상당할 터였다. 하지만 풍천이 그렇게도 싫어하는 것을 억지로 강요하고 싶지는 않았다.

'하긴, 원래부터 그렇게 길이 들어 버린 거라면 억지로 강요한다고 되는 일도 아닐 테지.'

그리해 천풍은 편한 안장과 든든한 고삐를 포기하고 풍천의 등에 올랐다.

역시 처음부터 그렇게 길을 들여놓은 건지, 굳이 안장이 필요 없을 만큼 부드러우면서도 단단한 근육들이 엉덩이에 착 감기듯 달라붙는다. 검고 윤기 나는 갈기도 길어서 부족하나마 고삐를 대신할 정도는 되었다.

"저기 공자님, 하오시면 이 안장과 고삐는 어찌할깝쇼?"

점소이가 왠지 기대 어린 눈빛으로 천풍을 보며 그렇게 물었다.

천풍은 그 눈빛의 뜻을 바로 알아차렸다.

안장과 고삐 가격만 해도 은자 한 냥에 동전 열다섯 문이었다. 되판다고 해도 은자 한 냥은 거뜬히 받을 수 있는 물건이기에 만일 천풍이 버리고 간다면 점소이에겐 그 또한 상당한 부수입이 되는 것이다.

자신을 너무 봉으로 보는 것 같다는 생각에 살짝 빈정이 상하기도 했지만, 어지럽혀져 있는 마구간 내부 풍경이며 소매 사이로 보이는 멍과 긁히고 채인 자국들을 보니 괜스레 미안한 생각도 들었다. 게다가 안장과 고삐를 가지고 가기에도 짐스러운 일이다.

"자네가 알아서 하게."

천풍의 말에 대번에 입이 귀에 걸린다.

헤픈 웃음은 곧 낯간지러운 아부로 이어졌다. 언제 들어도 좋은 것이 칭찬인 만큼 썩 기분이 나쁘진 않았다. 하지만 그다지 흔쾌한 느낌도 아니라 손을 휘휘 저어 점소이의 입을 닫게 하고는 마구간을 나섰다.

한데, 일이 꼬였다.

"시주, 여쭈어 볼 것이 있으니 잠시 시간 좀 내어주실 수 있겠습니까?"

다분히 위협조의 어조, 그 위협적인 어조만큼이나 무서운 눈빛으로 천풍을 노려보며 앞을 막아서는 승려들…….

'벌써…….'

혜광의 생각보다 천풍이 지체를 한 것일까? 아니면 혜광의 생각보다 그들이 빨랐던 것일까?

혜정이 이끄는 십팔나한들에게 잡혀 버린 것이다.

난감한 노릇……. 미처 합류할 틈도 없었던 건지 그들과 합류할 거라며 떠났던 혜광조차 보이지 않는다.

'어쩌지?'

무림의 태산북두니 선종 불교의 최대 교파니 하는 것을 떠나서 혜광의 사문 형제들이다. 싸울 수야 없는 노릇이다. 그렇다고 순순히 잡혀갈 수도 없는 노릇, 혼자라면 도망이라도 치겠건만 풍천을 데리고는 그마저도 불가능했다.

'정말 어쩐다……?'

어떻게 해야 할지 도무지 방법이 떠오르지 않는다. 기껏해야,

"저기, 무슨 일이신지……?"

시치미 뚝 떼고 의미 없는 질문을 던지는 것이 고작이었다.

천풍의 질문에 승려 중 하나가 한 발 앞으로 나섰다. 십팔나한들을 이끌고 온 혜정이었다.

"시주, 저희와 같이 본사로 가 주셔야겠습니다."

"그러니까 무슨 일로 그러시는지……?"

"무슨 일인지는 아마도 시주님께서 더 잘 알고 계실 거라 생각합니다만?"

눈매를 날카롭게 하며 천풍을 쏘아보는 혜정이다.

이미 모든 것을 알고 온 눈빛이었다. 아니, 여기에 와서 확신을 얻었다.

아무것도 모르겠다는 듯 어수룩한 척하고 있지만, 그 어수룩한 척이 보기 민망할 정도로 어색하기 그지없다. 그도 그럴

것이 이미 천풍의 얼굴은 '드디어 올 것이 오고야 말았구나' 하는 표정을 짓고 있었기 때문이다. 더구나 그 눈은 '나는 지난밤 소림에서 일어난 일을 모두 알고 있다' 라고 너무도 친절히 답해 주고 있기까지 했다.

거기에 하나 더 확신을 더하는 것은 천풍의 태도였다.

십팔나한들에게 포위된 채 위협을 받고 있는 상황, 당황도 하고 곤란해도 하지만 겁먹은 기색은 전혀 없었다.

'평범한 자가 아니다.'

언뜻 보기에 평범해 보이지만 결코 평범한 자가 아니다. 감히 소림의 담을 넘어 장경각을 털 만큼의 배포는 가지고 있음이다.

혜정의 눈에 확신이 더할수록 천풍은 더욱 난감하고 곤혹스러울 뿐이다. 그래도 덕분에 어떻게 처신을 해야 하는지는 보다 명확해졌다.

"저기…… 저는 무슨 말씀이신지 잘……."

저들이 저토록 확고한 태도를 보인다면 더더욱 소림에 잡혀가서는 안 된다. 그러니만큼 지금으로서는 어떻게든 잡아떼는 수밖에 없다.

천풍이 그렇게 잡아떼자 혜정의 눈빛이 한층 더 날카로워졌다.

"그럼 자세한 것은 일단 본사에 가서 듣도록 하시지요."

"아니, 제가 지금 길이 바빠서…… 나중에 다시……."

"시주, 시주께서 보시기엔 저희가 한가해서 이러고 있는 것으로 보이십니까?"

"……."

"무례를 범하고 싶지는 않습니다만 시주께서 협조해 주시지 않는다면 부득이하게 무례를 범할 수밖에 없습니다. 그러니 그런 불상사가 생기지 않도록 현명히 행동하심이 좋을 것입니다. 모든 것이 명명백백 밝혀지고 시주께서 아무 죄가 없다는 것이 드러나면 소림사의 이름으로 지금의 무례에 대한 사죄와 보상은 충분히 하도록 하겠습니다."

말은 공손했지만 눈빛은 사납다. 혜정뿐만 아니라 십팔나한들의 기세도 한층 더 위협적으로 바뀌었다. 천풍의 행동 여하에 따라 당장에라도 무력을 사용하겠다는 엄중 경고였다.

이젠 정말 싸우느냐, 순순히 따라가느냐 둘 중 하나의 선택만 남았다.

한데, 그때까지도 어찌해야 할지 결정을 내리지 못하고 있을 때였다.

푸흥 푸흐흥!

풍천의 분위기가 이상했다.

뭔가 성질이 난 것처럼 거친 숨을 내쉬는가 하면 뛰쳐나가기라도 할 듯이 앞발을 굴려댄다.

그 같은 풍천의 행동이 오해를 불렀다.

천풍은 그저 갈기를 잡고 있을 뿐 아무 짓도 하지 않았는데도 풍천의 그 같은 행동을 모두 천풍이 의도한 것이라 판단하고는 성큼 한 걸음을 내디뎌 포위망을 좁힌다.

"시주, 현명히 행동하시라 말씀드렸습니다."

눈빛뿐만 아니라 이젠 목소리까지 살벌했다.

천풍이 급히 손을 내저었다.

"아니 아니, 이건 제가 그런 것이 아닙니다. 이놈이 제멋대로 이러는 것뿐입니다. 어이, 풍천아. 갑자기 왜 그러느냐?"

자신은 아무 짓도 하지 않았다는 걸 보여 주기 위해서 갈기에서 손을 떼고 양손을 다 흔들었지만 소용없었다. 오해가 오해를 불러 자신들을 놀리는 것으로 보였는지 분위기만 한층 살벌해졌다.

더욱 답답한 노릇은 역시 풍천이다.

'이 녀석, 대체 왜 이래?'

도무지 진정이 되지 않는다. 오히려 이젠 내뿜는 숨도 그렇고 발 구름도 그렇고 아예 성난 황소 같았다. 게다가 체형까지 변했다. 고양이가 털을 세워 몸을 부풀리듯 온몸의 근육들이 불끈불끈거리며 부풀어 오르는 것이 아닌가.

'이게 대체…….'

듣도 보도 못한 기사(奇事)였다.

고기를 먹는다고 할 때도 놀라긴 했지만 지금만큼은 아니었다. 눈으로 보고 몸으로 느끼고 있는데도 이 모든 것이 착각이 아닐까 의심을 하게 된다.

풍천의 변화에 놀라워하는 것은 소림사 중들이라고 다르지 않았다. 다만 천풍이 그저 풍천에게 놀라고 있는 것이라면 소림사 중들은 그 놀람의 대상이 풍천이 아니라 천풍이라는 것이다.

"대체 무슨 수작을 부리는 것이오!"

그 듣도 보도 못한 기사를 천풍의 수작으로 단정 지어 버린다. 그만큼 그들에게도 생소한 광경이라는 뜻일 테지만, 급기야 무기까지 뽑아 드는 십팔나한들의 살기등등한 기세에 억울하기만 한 천풍이다.

"저기, 이건 제가 그런 게……."

천풍의 변명이 채 끝나기도 전이었다.

이히히히힝!

십팔나한들의 기세에 풍천도 놀란 것인지 상체를 일으켜 허공중에 위협하듯 발길질을 해댄다.

너무 급작스럽게 일어난 일이라 자칫 바닥에 떨어져 나뒹굴 뻔했다. 급히 갈기를 잡아채어 낙마는 겨우 면했다. 하지만 미처 안도하기도 전에 다시 힘껏 발을 구르고는 그대로 십팔나한을 향해 돌진하는 풍천이다.

그야말로 맹렬한 기세였다.

천풍의 놀람과 당황이야 이루 말할 수도 없을 지경이었다. 하지만 천풍과는 달리 혜정과 십팔나한들은 조금도 당황하지 않았다. 뭐가 어찌 되었든 간에 기껏해야 말일 뿐이고, 천풍이

만일 지난밤의 범인이 맞는다면 자신들의 말을 순순히 따르지 않으리라는 것도 이미 짐작하고 있었던 것이다.

그런 만큼 대응도 신속했다. 풍천이 맹렬한 기세로 돌진하기 시작한 그 순간에 이미 풍천을 향해 몸을 날린다.

미친 듯이 돌진하는 풍천과 그런 풍천을 죽일 듯이 덮쳐드는 십팔나한.

"어, 어이! 이 녀석아! 이, 이러지 말라는데도……."

천풍이 급히 갈기를 당겨 풍천을 제지하려 해 보았지만 이미 쏘아 놓은 살이었다. 풍천은 그의 통제를 완벽히 벗어나 있었다.

얼핏 보기에도 비범한 자들인 십팔나한이다. 당장에라도 풍천의 몸을 두들겨대려는 찰나였다.

푸히히히히히힝!

고막을 쩌렁쩌렁 울려댈 만큼 유난히 큰 울음소리가 들린다 싶더니, 이어진 것은 몸이 붕 떠오르는 느낌이었다.

'에?'

뛰었다.

'에에?'

아니, 날고 있었다.

십팔나한들의 머리를 넘어 훌쩍…… 뒤쪽의 십팔나한들이 급히 풍천을 막으려 같이 도약을 했지만, 그마저 닿지 않을 만큼 그보다도 더 높이 뛰어올랐다.

타가닥!

그렇게 높이 뛰어오른 것에 반해 착지는 또 어찌나 사뿐한지 마치 푹신한 솜 위를 걷는 듯했다.

미처 놀라고 할 사이도 없었다.

귀신에라도 홀린 기분이 채 진정되기도 전이었다.

푸히히힝!

다시 울부짖듯 큰 소리로 울더니, 이제 막는 자가 아무도 없는 길을 거침없이 질주한다.

파파파파팟!

빨랐다. 어찌나 빠른지 혜정과 십팔나한조차 감히 쫓아올 엄두도 내지 못하고, 멀어져 가는 천풍과 풍천을 그저 넋 놓고 바라만 볼 뿐이다.

'이거…… 끝내주잖아!'

기분 좋았다.

그저 소림의 추격을 뿌리친 때문만은 아니었다.

밤바람이 채찍이 되어 한겨울 북풍의 서릿발처럼 얼굴을 할퀴어대는데도 정말이지 말로 형언하기 힘들 만큼 이 순간의 바람이 좋았고 속도감이 좋았다.

쉴 새 없이 뒤로 넘어가는 주변 경관과 함께 소림이니 장경각이니 하는 그 모든 잡념도 같이 흘러가 버리는 느낌이었다. 그래서 뭐가 어찌 되었든 간에 모든 잡념은 뒤로 미루고 이 순간의 바람을 즐기기로 했다.

"와아아아! 죽인다아아아!"

풍천에게 모든 것을 내맡기고 천풍은 그렇게 바람이 되었다.

제2장

마주(馬主) 사기단

천극의 서

바람이 된 것까진 좋았다. 한데, 언제까지 바람인 채로 있어야 하는 건지 모르겠다.

'대체 어디로 가는 거냐고!'

무려 반나절이다. 반나절 동안 쉬지 않고 달렸으니 소림승들의 추격에선 완전히 벗어났는데도 도무지 멈출 기미가 보이지 않는다.

어디로 가는지도 모르겠고 언제까지 가야 하는지도 모르겠다. 억지로 멈추려고 한다면야 못할 것도 없지만 왠지 맹목적인 질주가 아닌 듯했다. 분명 어딘가 목적한 곳이 있는 것 같았다. 그래서 과연 어디까지 가는지 지켜보겠다는 심산이었는데 그러기를 벌써 반나절인 것이다.

그나저나 빠르긴 빠르다. 반나절 만에 하남성을 벗어난 것은 물론이고 조금 전 산서성 태원을 지났다.

무당산에서 남양까지, 그가 사흘 밤낮을 내달린 끝에 겨우 당도했던 그 거리보다 무려 두 배에 이르는 거리를 고작 반나절 만에 주파해 버렸다.

지난날 염가상단에서 탔던 적운보다도 월등히 빨랐다. 적운은 천리마라 불리는 한혈마였다. 전설의 적토마조차 한혈마였을 거라 그러지 않았던가. 한데,

'한혈마보다 빠른 이 녀석은 그럼 대체 뭐인 거야?'

아니, 그보다 이런 터무니없는 말을 고작 석 냥에 팔려고 했던 노인네는 누구며 무슨 생각이었던 것일까?

문득 지금쯤 점소이가 어떤 표정을 하고 있을지 궁금해졌다.

마구간에 같이 있었으니 풍천의 신위도 빠짐없이 지켜보았을 터였다.

'석 냥을 도로 준다고 해도 안 가질 판국에 석 냥이나 주고 이걸 왜 삽니까요.'

그리 말했던 점소이가 과연 지금은 어떤 표정이 되어 있을까?

"후후……."

생각하니 절로 웃음이 난다.

딱히 미운 짓을 한 것도 아니고 미운 마음을 가지고 있는 것도 아닌데 괜히 고소한 기분이다.

'그리 생각하면 난 횡재한 건가?'

좋은 말은 수만 냥도 호가한다고 하니 모르긴 몰라도 석 냥 아니라 삼천 냥, 삼만 냥의 가치는 있지 않을까 싶다.

하지만 그처럼 횡재한 기분은 그리 오래가지 못했다.

태원을 지나 정양으로 접어들 무렵이었다.

꼬랑지에 불이라도 붙은 것마냥 관도를 무섭게 내달리기만 하던 풍천이 어느 이름 모를 산길로 접어든다 싶더니 그제야 속도를 늦춘다.

처음에는 목이라도 마른 건가 했다. 그래서 개울물이라도 찾는 건가 했다. 반나절이나 쉬지 않고 내달렸으니 목이 마르지 않다면 그거야말로 이상한 일이었다. 천풍만 해도 아무것도 하지 않은 채 풍천의 등에 업혀만 있었는데도 목이 탈 지경이니 말이다.

하지만 풍천이 원했던 것은 물이 아니었던 모양이다. 개울물이 나타나도 눈길 한 번 주지 않았다.

'그럼 대체 어디를 가고 있는 거야?'

천풍이 그렇게 의아해하기를 대략 일각 정도가 지났을 무렵이었다.

그리해 나타난 것은 숲이었다. 숲이었지만 울창한 녹림 속이 아니라 정원마냥 주변에 잔풀이 깔린 조용하고 정갈한 느낌의 어느 평원이었다. 그리고 그곳에 평평하고 널찍한 바위를 침대 삼아, 한낮 온기를 가득 머금은 햇볕을 이불 삼아 오수를 즐기는 노인이 있었다.

백염(白髥) 백미(白眉)에 백의(白衣)까지…… 배경으로 평온한 풍경까지 더해지니 그야말로 신선도골 풍의 노인이었고 한 폭의 그림과도 같은 구도였다.

첫눈에도 호감이 든다. 그도 그럴 것이 노인의 모습에서 지난날 만났던 도제 백무강이 연상되었기 때문이다.

그나저나 풍천이 그렇게 정신없이 달려온 것은 아무래도 저 노인 때문인 모양이다. 한달음에 달려가서는 천풍에게 그랬던 것처럼 침으로 범벅이 되도록 노인의 얼굴을 핥아댄다.

노인도 참 둔하다. 그렇게 얼굴이 침으로 범벅이 되어 가는데도 좀처럼 잠에서 깨지 않는다. 거기다 신선도골 풍의 모습과는 어울리지 않게 코 고는 소리는 또 어찌나 큰지,

드르렁 푸우 드르렁 푸우.

우렛소리가 따로 없다.

노인은 대체 누군지, 풍천과는 무슨 관계인지, 풍천은 또 왜 여기까지 달려온 것인지 궁금한 것은 많은데 그 모든 궁금한 것들의 해답을 쥐고 있는 노인은 세월아 네월아 단잠에 빠져 있다.

이대로는 언제 깰지 기약도 할 수 없다. 어쩌면 밤이 깊어서야 노인과 첫인사를 나누게 될 수도 있다.

물론 그렇게까지 기다려 줄 마음이 천풍에겐 없었다. 그렇게까지 기다릴 바에야 조금 실례를 저지르는 게 나았다.

그리해 천풍은 노인을 억지로라도 깨울 요량으로 풍천의 등에서 내렸다. 한데, 굳이 그가 나설 필요가 없었다. 천풍이 손을 뻗으려는 그 순간 때마침 코 고는 소리가 잦아들었기 때문이다.

이윽고 노인이 눈을 떴다.

끔뻑끔뻑.

그렇게 눈을 몇 차례 깜빡여 초점을 잡나 싶더니 이내 천풍을 본다.

"아…… 네놈이었군."

"……?"

무슨 의미일까?

"저를 아십니까?"

천풍이 어리둥절해하며 물었다. 하지만 노인은 그런 천풍의 질문은 들은 체 만 체하고는 풍천 쪽으로 눈을 돌렸다.

그리고 한다는 말,

"이놈아! 왜 이제야 온 게야? 네놈 오기를 얼마나 눈이 빠져라 기다렸는지 알기나 하느냐!"

눈이 빠져라 기다린 것치고는 너무도 푹 잘 자고 있었지만, 풍천은 말을 하지 못해 반박을 못 했고 천풍은 그런 것에 신경 쓸 정신이 없어 따지지 못했다.

대체 이 노인은 누굴까? 누구기에 풍천이 그 먼 길을 그토록 발에 땀 나도록 달려온 것이고, 자신에 대해서는 또 어떻게 알고 있는 것일까?

아니, 풍천이 그 먼 길을 그토록 발에 땀 나도록 달려온 것도 혹시 애초부터 이 노인의 사주는 아니었을까?

'하면 왜?'

천풍이 그렇게 의아함과 호기심, 그리고 약간의 경계로 노인을 보고 있자 그제야 노인이 다시 천풍을 돌아본다.

이렇다 할 통성명도 없었다. 대뜸 손바닥을 내밀어 보이며 툭 던져 오는 노인의 말은 너무도 엉뚱한 것이었다.

"돈 내놔."

"예?"

아닌 밤중에 홍두깨도 아니고, 이게 웬 동냥 짓이란 말인가? 아니 그 태도며 표정이며, 이건 거지 동냥 짓이 아니라 숫제 날강도 짓에 더 가까웠다.

더 기가 막힐 노릇은 천풍이 그렇게 어처구니없다는 듯 어리둥절해하자 노인이 펼친 손바닥을 천풍의 눈앞까지 들이대고는 마치 빚 독촉하듯 위아래로 흔들어댄다는 것이다.

"뭘 멍청히 있는 거야? 돈 달라니까, 돈!"

천풍으로서는 어이가 없다 못해 황당할 뿐이다.

"대체 무슨 돈을 달라시는 건지……?"

"대여료 말이야, 대여료! 남의 물건을 빌려 썼으면 대여료를 내야 할 것 아냐! 설마 인제 와서 입 싹 닦겠다는 건 아니겠지?"

그리 말하며 풍천을 툭툭 친다.

천풍은 그제야 노인의 정체를 알았다.

"혹시 이 아이의 주인어십니까?"

"그렇지. 내가 이놈의 주인이지. 그러니까 어서 돈이나 내놔."

아니나 다를까 풍천의 주인이다. 그제 밤 풍천과 함께 선불에 묵었다는 노인이 바로 이 노인인 모양이다.

'그럼 버린 것이 아니었던 건가?'

버린 말이 아니다. 버려진 것도 아니면서 왜 거기에 풍천이 있었던 건지, 그리고 왜 자신을 따라온 건지는 모르겠지만 상황만을 놓고 따져 보면 노인의 말마따나 풍천을 빌려 쓴 것이 맞았다.

그렇게 생각하고 보니 자신의 것을 빌려 쓴 값을 달라 하는 노인의 태도는 지극히 당연한 권리 행사였다. 황당할 것도 기가 막혀 할 것도 없었다. 엄밀히 따지면 오히려 주인 허락 없이 함부로 풍천을 쓴 천풍이 큰 잘못을 했음이다. 도둑으로 몰리지 않은 것만으로도 다행일 지경이다.

"알겠습니다. 주인이 있는지 없는지 제대로 확인도 하지 않고 함부로 쓴 것은 어디까지나 제 잘못이니 마땅히 대가를 지불하겠습니다. 그래, 그 대여료라는 거 얼마입니까?"

천풍은 분명 자신에게도 잘못이 있는 일이기에 시시비비를 가리기보다는 그냥 달라는 돈을 주고 깔끔하게 정리를 해 버릴 생각이었다. 한데, 노인에게서 흘러나온 액수가 지나치게 터무니없었다.

"삼천 냥."

순간 귀를 의심했다.

기껏해야 하루 반나절 빌린 셈이다. 구리 동전 삼십 문이라 해도 과할 일인데 삼천 냥이라니?

"농담 마시고……."

농담이 아니고서야 말이 안 되는 일이다. 하지만 노인은 그런 천풍이 더 어이없다는 듯 버럭 화를 낸다.

"농담은 무슨 농담이야! 그야말로 이보다 더 합리적일 수가 없는 가격인데."

"……."

대체 어디가 합리적이라는 건지 모르겠다.

"그럼 네놈 목숨 값이 삼천 냥도 안 된다는 말이냐?"

"제 목숨 값이라니요?"

이건 또 무슨 소린가?

"소림에 잡혀갔으면 속절없이 목을 내놔야 했을 것을 이놈 덕분에 목숨을 건졌잖느냐?"

"그 일을 어떻게……?"

천 리 길 너머에서 불과 반나절 전에 일어난 일이다.

"혹시 노인장께서도 그곳에 계셨습니까?"

"아아, 무슨 잔말이 그리 많아? 목숨 빚을 졌으면 그 빚을 갚으면 그만이지. 아니면, 사람이라는 게 뒷간 갈 때 다르고 나올 때 다르다더니 설마 인제 와 모른 척이라도 하겠다는 거냐?"

"그건 아닙니다만……."

"그게 아니면 어여 돈이나 줘."

노인이 다시 천풍에게 손바닥을 들이대며 위아래로 흔들어 보였다.

일단 돈부터 주지 않으면 어떤 대답도 들을 수 없을 것 같았다. 그래서 마음 같아서는 노인이 원하는 대로 다 줘 버리고 싶은 심정이었다. 하지만,

"아무리 그래도 그렇지, 삼천 냥은 너무 과하지 않습니까?"

"사내자식이 왜 이렇게 좀스럽게 굴어? 한 끼에 석 냥 어치의 고기를 먹어 치우는 놈인데, 그런 놈을 거두려고 했으면 삼천 냥쯤이야 네놈에겐 푼돈이지 않느냐? 그리고 과하긴 뭐가 과해? 네놈 목숨 값을 차치하고라도, 이놈을 빌린 값만 해도 삼천 냥은 너끈한데."

"무슨…… 듣기로 선불객잔에서는 석 냥에 팔려고 하셨다던데요? 파는 값이 석 냥인 것을 빌린 값으로 삼천 냥이나 받는 것은 말이 안 되지 않습니까?"

"네놈 눈에는 이놈이 석 냥짜리로 보이느냐?"

"물론 돈으로 구하기 힘든 명마임은 저도 알고 있습니다."

"하면 돈으로도 구하기 힘든 명마를 석 냥에 내다 팔 만큼 내가 미친놈으로 보이느냐?"

"그건 아닙니다만…… 그러나, 선불객잔에서는 분명 그리 팔려고 했다고 들었습니다."

"그야 그땐 마침 수중에 돈이 딱 떨어지고 없었으니까. 게다가 손해 볼 것도 없고."

"손해 볼 것이 없다니요?"

"이 녀석이야 어디로 팔려 가든 어차피 다시 날 찾아오게 되어 있으니까. 바로 지금처럼 말이야."

그리 말하며 천풍을 향해 능청스레 씨익 웃어 보인다. 거기에 풍천이 맞장구를 치듯 푸륵푸륵 기분 좋은 소리를 내는가 하면 까딱까딱 고갯짓까지 해댄다.

그러니까 말인즉슨 선불객잔에서 만일 고기 값 대신 풍천을 받았다면 횡재를 한 것이 아니라 졸지에 호구가 되었을 거라는 뜻이다.

'그리고 버려진 말인 줄 알고 덥석 미끼를 문 나는 이미 호구라는 것이고.'

그렇게 생각을 해서 그런지 몰라도 그를 보는 노인과 풍천의 눈빛도 괜히 득의해 보이고 비웃는 듯 보였다.

대체 사람을 얼마나 멍청하게 봤으면 터무니없게도 삼천 냥이나 뽑아 먹으려 들까?

생각하니 짜증이 확 났다.

'이 천하의 사기꾼 같으니라고!'

아니, 노인과 풍천 둘이니 사기꾼이 아니라 사기단이다.

이름하여 마주(馬主) 사기단.

"뭘 그리 찢어진 뱁새눈을 하고 보는 게야? 어서 받을 돈 받고 갚을 돈 갚고 끝내자니까."

"싫다면요?"

더는 호구 취급당할 수야 없는 노릇이다.

"뭐? 싫어?"

"예, 싫습니다."

"돈을 떼먹기라도 하겠다는 거냐?"

"왜요? 관아에 고변이라도 하실 겁니까?"

당연히 관아에 고변은 못 할 것이다. 어디까지나 사기단이니 말이다.

아니나 다를까 노인은 관을 끌어들일 생각은 전혀 없는 듯했다. 그렇다고 이대로 순순히 물러날 생각 또한 없어 보인다.

"싫어? 흥! 싫단 말이지?"

뭔가 사람을 께름칙하게 만드는 말투다. 그리고 이어서 의미심장한 한마디를 던져왔다.

"그럼 네놈이 돈을 줄 때까진 절대로 이놈을 돌려받지 않을 테니까 그리 알아."

자, 어떠냐? 이래도 돈을 안 주고 배길 수 있겠느냐는 태도였다. 하지만 천풍은 '그게 뭐?' 라는 표정일 수밖에 없었다.

삼천 냥을 달라 할 때보다 더 황당하고 어리둥절했다.

돈을 줄 때까지 풍천을 돌려받지 않겠다니? 그건 곧 이대로 계속 풍천을 쓰라는 말이다.

그게 지금 상황에서 대체 무슨 협박이 된다는 말인가? 협박은커녕 공짜로 풍천을 주겠다니 너무도 고마운 배려이지 않은가.

천풍이 그렇게 어리둥절해하자 노인이 가소롭다는 듯 한마디 쏘아붙였다.

"세상 물정 모르는 천둥벌거숭이가 따로 없군."

"……?"

"네놈이 이놈을 타고 편히 길을 갈 수 있을 것 같으냐?"

"무슨 말씀이십니까?"

"무슨 말이나 마나, 삼천 냥으로 깔끔하게 해결을 보는 게 네놈 신상에 이로울 거라는 말이다. 자, 어떻게 할 게냐? 순순히 돈을 줄 테냐, 아니면 이놈을 데리고 갈 테냐?"

뭔가 의미심장하긴 한데 도무지 무슨 의도인지를 모르겠다.

한 번 더 확인차 물었다.

"정말 이 아이를 제가 데리고 가도 되는 겁니까?"

편히 길을 갈 수 없을 거라는 말이 무슨 뜻인지는 모르지만, 그리고 조금 께름칙한 기분이 들기도 하지만 그보다는 역시 풍천에 대한 욕심이 앞선다.

"흥! 지금 난 수중에 돈이 딱 떨어져서 네놈한테 그 돈을 받지 못하면 어차피 이놈 감당도 못 해. 그러니까 정히 그 돈을 주기 아까우면 네놈이 이놈을 책임지는 수밖에 없잖느냐. 그러나, 한 번 맡은 이상에는 끝까지 책임을 져야 할 것이야."

"끝까지라면 언제까지 말입니까?"

"끝까지면 당연히 끝까지지 언제까지는 뭐가 언제까지야."

"그럼 아예 제게 주시겠다는 겁니까?"

"그래, 네놈이 가져. 대신 도중에 무르는 건 없어. 만일 데리고 있기 힘들다고 내게 다시 돌려주려 한다거나 다른 사람에게 판다거나, 혹은 버린다거나 하면 삼천 냥이 아니라 삼만 냥, 아니, 삼십만 냥을 받아낼 테니까 그리 알아."

"삼십만 냥이요?"

"왜? 자신 없어?"

비웃듯 입꼬리를 말아 올리고는 피식 실소를 흘린다. 표정이며 말투며, 그 모습은 마치 투전판에서 일단 왕창 질러 놓고 '쫄리면 뒈지든가' 라고 배짱 튕기는 노름꾼의 그것과 비슷했다.

'대체 뭐하자는 거지?'

처음에는 대뜸 대여료니 삼천 냥이니 하며 행패에 가까운 억지를 부리더니, 이어서는 협박 같지도 않은 협박을 하고 이제는 또 괴상한 내기까지 걸어온다.

도무지 그 속을 짐작하기 어려웠다. 그래서 그 저의가 더 의심스럽다.

"혹시 제가 팔지도 버리지도 않았는데 이 아이가 노인장께 제멋대로 돌아가 버리면 어찌합니까?"

선불객잔에 석 냥에 팔려고 했던 것도 다시 돌아올 것이기에 그리했다고 하지 않았던가. 그렇게 돌아온 풍천을 몰래 숨겨 놓고 천풍이 팔거나 버렸다고 우겨댈 소지가 다분했다. 천풍의 눈에 노인은 충분히 그러고도 남을 위인으로 보였다.

"젊은 놈이 무슨 놈의 의심이 그리 많아?"

"제가 의심이 많은 게 아니라 노인장께서 너무 의심스러우신 겁니다."

"흥! 그렇겠지. 뭐 눈엔 뭐만 보이는 법이니까. 절대로 그럴 일 없을 테니까 안심해."

안심하라고 해 봐야 안심이 안 된다. 지금 노인의 '안심해'라는 말은, 사납게 이빨을 드러내고는 으르렁거리고 있는 늑대를 두고 '토끼처럼 온순한 놈이라 절대로 물지 않는다' 라고 하는 것과 별반 다를 것이 없었다. 조금도 안심이 안 된다.

"나 참. 허울은 사내대장부인데 생각하는 꼬락서니는 천상 꿀단지 숨긴 어린애로군. 좋아, 배불리만 먹여 주면 이놈이 먼저 네놈을 떠날 일도 없을 테고 밥 주는 주인을 잃어버릴 만큼 멍청한 놈도 아니니 분실에 따른 책임은 묻지 않도록 하지."

순순히 천풍의 의심을 덜어 준다. 그걸로 사기를 치려는 건 아닌 것 같다.

"그러나, 팔거나 버려 놓고 잃어버린 거라 속일 생각은 않는 게 좋을 게다. 이래 봬도 난 천 리 밖을 보는 눈을 가지고 있으니까."

"제가 노인장 같은 줄 아십니까?"

"나만 같다면야 법 없이도 살지."

"어련하시려고요."

"그럼 거래는 성립된 거지?"

확인차 묻는 건데 그 눈빛은 상당히 거만하고 도전적이어서 묘하게 천풍을 자극한다.

"좋습니다. 이 아이, 제가 맡겠습니다!"

그렇게 도발에 넘어갔다.

"흐흐흐. 남아일언중천금이고 일구이언은 이부지자라는 거 알지?"

"물론입니다."

"좋아, 그럼 잘해 봐. 앞으로가 상당히 고달파지겠지만…… 도저히 안 되겠으면 이놈 등에 삼십만 냥짜리 전표를 묶어서 보내 주면 되니까 너무 부담 갖지는 말고."

삼십만 냥이 벌써 자신의 수중에 들어오기라도 한 것처럼 득의한 웃음을 흘린다.

'어디서 저런 자신감이 나오는 거지?'

조금 불안하긴 하다.

'그나저나 염가상단의 지분이랑 이것저것 다 팔면 삼십만

냥이 되긴 되려나?'

하지만 아무리 생각해 봐도 손해 볼 것이 없는 장사였다.

무슨 꿍꿍이속으로 저러는지는 모르지만 안 팔고 안 버리면 그만이다. 안 팔고 안 버리면 천하의 명마를 공짜로 얻게 되는데 뭣 하러 팔겠는가.

천풍이 그처럼 자신만만해하자 노인이 다시 피식 실소를 흘렸다.

"그래, 그래. 어디 한번 열심히 해 보시게나. 아, 그리고 노파심에서 하나 충고를 하자면……."

노인이 지금까지와는 다른 진중한 눈빛으로 천풍을 본다.

"사람의 길에서 너무 멀리는 가지 마시게나. 그만큼 돌아오는 길이 힘들어질 테니까."

그렇게 무언가 의미심장한 말을 남기고 더는 볼일 없다는 듯 몸을 돌려 휘적휘적 걸음을 내딛는다.

멀어져 가는 노인을 보며 문득 생각나서 물었다.

"노인장의 함자는 어찌 되십니까?"

그러고 보니 아직 이름도 몰랐다.

'어쨌거나 무려 삼십만 냥을 두고 한 내기인데 서로 통성명조차 하지 않았다니…….'

노인이나 자신이나 참 허술하기도 하다.

천풍의 물음에 노인이 잠시 걸음을 멈추고 천풍을 돌아본다. 그러고는 손가락 하나를 펼쳐 높이 들어 올린다.

"……?"

"하늘."

"……?"

무슨 뜻인지 몰라 의아해하며 다음 말을 기다리는데 노인의 말은 그것으로 끝이었다. 이내 몸을 돌려서는 멈췄던 걸음을 다시 내딛고 있었다. 기껏해야 잠시 잠깐 씨익 웃어 보인 게 전부였다.

천풍이 얼떨떨한 심정으로 하늘을 올려다보았다.

아까까지만 해도 온기를 머금고 있던 햇볕은 온데간데없이 사라지고 당장 비라도 뿌릴 듯 묵빛 구름이 하늘을 온통 뒤덮고 있었다.

하늘이라니?

'뭐야, 그게?'

말 그대로 자신이 하늘이라는 뜻인가?

그렇다면 이 얼마나 오만한 말인가.

그러나 오만으로 들리지 않았다. 그 말을 한다고 해서 아무나 다 오만일 수 있는 것은 아니었다.

스스로 하늘이라 칭할 수 있는 자, 하늘이란 이름에 어울리는 자, 그럼에도 황제가 아니기에 오만일 수밖에 없는 그런 자들…… 천풍이 그나마 떠올릴 수 있는 이름은 도제 백무강과 검문주 금천우뿐이었다.

그러하기에 노인의 그 같은 행태는 오만이 아니라 허무맹랑이었다. 사기꾼한테 하늘이 가당키나 한가 말이다.

'그래, 처음부터 제정신이 아니었던 거야.'

지금까지 노인과 나누었던 대화들을 돌이켜 보면 역시 온전한 정신으로 나눌 수 있는 것들은 아니었다.

"하면 지금까지 난 노망 난 노인네의 정신 나간 짓거리에 놀아났던 건가?"

허탈하고 허무한 심정으로 풍천을 보았다.

"그런 거냐? 정말 네 주인, 제정신이 아닌 거였냐?"

푸루루 푸루.

대답이라도 하는 것인지 투레질을 한다. 무슨 뜻인지는 모르겠지만 기분 탓에 그리 좋은 의미로는 와 닿지 않았다.

더 생각해 봐야 답답하기만 한 노릇이다.

"하긴, 노망 난 노인네의 정신 나간 짓거리에 놀아난 대가로 명마를 얻었으니 나야 나쁠 게 없지."

좋게 생각하기로 했다. 아무래도 노망 난 노인네다 보니 혹시 나중에 딴말을 할지도 모른다는 게 하나 걸리기는 했지만, 그래서 각서라도 써 둘 걸 하고 살짝 후회가 되기도 했지만, 어차피 언제 다시 만나게 될지 기약도 없는데 미리부터 걱정할 필요가 없다.

노인에 대한 생각을 그렇게 정리한 천풍이 풍천을 보며 짐짓 으름장을 놓았다.

"그러니까 고기 한 점이라도 더 얻어먹고 싶으면 너도 앞으로 처신을 잘해. 이젠 내가 주인이니까."

그러고는 풍천의 등에 올랐다.

풍천의 등에 오르긴 했는데 막상 길을 떠나려니 어디로 가야 할지 모르겠다.

달리 갈 곳이 없다.

북쪽으로 가려니 만리장성이 가로막고 남쪽으로 가려니 소림이 쫓아오고 있을지도 모른다.

'아직 나를 쫓고 있긴 할까?'

혜광이 중간에서 잘 처리를 했다면 다행이지만 그렇지 않다면 지금쯤 이곳으로 추격대가 한창 쫓아오고 있을 터였다.

하지만 급할 것은 없었다.

고작 반나절이었다. 그리고 숭산에서 이곳까지는 천 리 길이 넘는 거리였다. 소림의 십팔나한들이 제아무리 경공이 뛰어나다 해도 하루 이틀 만에 따라잡을 수 있는 거리가 아니었다.

생각이 거기에 미치자 불현듯 잊고 있던 의문 하나가 다시금 뇌리를 스쳤다.

'한데, 정말 그 노인장은 어떻게 여기에 온 거지?'

그제 밤에 선불에서 묵었다고 하지 않았던가? 더구나 선불 객잔에서 간밤에 소림승과 있었던 일들까지도 직접 목격한 듯이 말했다.

짧으면 반나절, 길어야 이틀이다. 그 짧은 시간에 천 리 길이 넘는 거리를 대체 어떻게 올 수 있었던 것일까?

혹시 어마어마한 경공의 고수라도 된다는 말인가? 아니면, 풍천 같은 말이 몇 마리 더 있어 본격적으로 사기단을 꾸리고 있기라도 한 것일까?

'네놈이 이놈을 타고 편히 길을 갈 수 있을 것 같으냐?'

한 귀로 듣고 한 귀로 흘려버렸던 그 말이 새삼 다른 무게로 다가왔다.

하지만 금세 털어 버렸다.

노인에 대해 생각하면 생각할수록 머리만 더 지끈거릴뿐더러, 그마저도 노인의 미친 짓거리에 놀아나는 것 같아 더 생각하고 싶지가 않았다.

'그래, 그냥 노망 난 노인네의 망발인 거지 뭐.'

설혹 어마어마한 경공의 고수라고 해도 노망 나지 말라는 법은 없는 것이다.

"그나저나 정말 어디로 가지?"

역시 생각하니 막막하기만 하다.

그런 차에 불현듯 추도향과의 약조가 떠올랐다.

'자루뿐인 검에 다시 날을 채우게 되면 반드시 무한으로 오세요.'

추도향이 무당파를 떠나기 전 그에게 한 말이다.

이젠 더 이상 자루뿐인 검이 아니다. 온전히 날을 채웠고 그 날은 그 어떤 칼보다도 강하고 날카롭게 벼려져 있었다.

'도문이라…….'

그러고 보니 도문의 남양 지부가 거의 몰살을 당하다시피 했던 그날 혜광이 말하기를, 어쩌면 흉수들의 다음 목표는 무한의 도문 총단일지도 모른다고 했었다.

'도문이 그리 쉽게 당할 리야 없겠지만…… 추 소저도 마찬가지고.'

하지만 남양에서의 일을 떠올려 보면 그리 마음 놓을 수 있는 상황은 아니었다. 복면인 중 우두머리였던 자는 혜광과 진현의 합공으로도 당해낼 수 없을 정도로 강했다.

흉수 무리들 중에 그보다 강한 자가 과연 더 없을 거라고는 장담할 수 없는 일이었다.

그런 자가 하나가 아니라 둘, 아니, 셋이라면? 그런데도 과연 도문이 무사할 수 있을까?

생각이 거기에 미치자 걱정이 앞선다.

그리해 결정했다. 무한으로 가기로.

'재수 없으면 무한에 당도하기 전에 소림을 먼저 만나게 될지도 모르지만…….'

소림의 추격대와 한 걸음이라도 멀어질 궁리를 해도 모자랄 판에 오히려 정면으로 마주 달려가는 형국이니 어쩌면 호랑이 굴로 뛰어드는 것보다 더 무모한 결정일는지도 모른다. 그래서 과연 잘하는 짓인지 벌써 회의가 들기도 한다.

하지만 남양 지부에서 보았던 그 목불인견의 참화를 떠올리니 도무지 그냥 외면해 버릴 수가 없다. 그 목불인견의 참상 속에 추도향이 있게 될지도 모른다 생각하니 마음이 다 철렁 내려앉는 기분이었다.

'하긴, 어차피 소림에 쫓기는 몸인데 천하에 안전한 곳이 있으려고?'

어차피 어딘들 안전하지 않다면 굳이 길과 장소를 가릴 필요도 없다. 더구나 길이라는 것이 한길만 있는 것도 아니다.

'방향이 같다고 해서 모든 길이 외나무다리가 되는 것도 아니고.'

더구나 풍천의 속도라면 마주칠 새도 없을 것이다.

마음을 편히 먹기로 했다.

그렇게 간단히 생각을 정리한 천풍은 곧장 무한으로, 남쪽으로 풍천을 몰았다.

하지만 그렇게 출발한 여정은 시작부터 꼬였다.

문제는 풍천이었다. 괘씸하게도 말을 듣지 않았다. 천 리 길을 반나절 만에 주파한 풍천은 대체 어디로 간 것인지, 이건 아무리 재촉을 해도 그야말로 세월아 네월아다. 최고급 양고기라도 배불리 먹여 줘야 그나마 달리는 시늉이라도 하지, 끼니가 조금만 늦어도 그 자리에 주저앉아 태업을 일으키기 일쑤다. 이건 도무지 말을 타고 가는 건지 상전을 모시고 가는 건지 구분이 안 될 정도였다.

'어제 처음 만났을 때만 해도 이런 녀석이 아니었는

데…….'

정말이지 하룻밤 사이에 완전히 다른 말이 되어 버린 것 같았다.

'아니면, 어서 제 주인한테 돌려보내 달라고 무언의 시위라도 하고 있는 건가?'

아니, 그보다는 이 또한 노인의 농간일 가능성이 높았다.

'미리 이렇게 하도록 훈련을 시켜 놓았다든지…… 삼십만 냥을 걸고 내기를 한 것도 늘 써먹던 술수였다거나…….'

뭐가 어찌 되었든 그로 인해 계획에 차질이 빚어졌다.

무한까지는 무려 삼천 리가 넘는 길이지만 늦어도 사흘이면 당도할 수 있을 거라 생각했다. 풍천에겐 충분히 그러고도 남을 만한 능력이 있었다. 한데, 사흘 동안 삼천 리는 고사하고 삼백 리도 가지 못했다. 이러다가는 무한까지 가는 데 한 달이 걸릴지 두 달이 걸릴지 그조차 기약 못 할 판이다.

게다가 여정에서의 문제는 풍천만이 아니었다. 그를 노리는 적이 비단 소림 하나만은 아니었던 것이다.

의외로 적이 많았다. 길이 한길만 있는 것은 아니지만 그 모든 길이 외나무다리가 될 수도 있을 만큼이나 천풍은 많은 적을 가지고 있었다.

소문 한 자락…… 그랬다. 바람을 타고 흘러든 소문 한 자락이 결국 그 모든 고단함의 원흉이었다. 그리고 굳이 하나를 더 꼽자면 '하늘' 이었다.

답답하고 분통 터지는 여정이 칠 일째로 접어들던 날, 그날 천풍을 분노로 치를 떨게 한 것 또한 바로 그 '하늘' 이라는 작자였다.

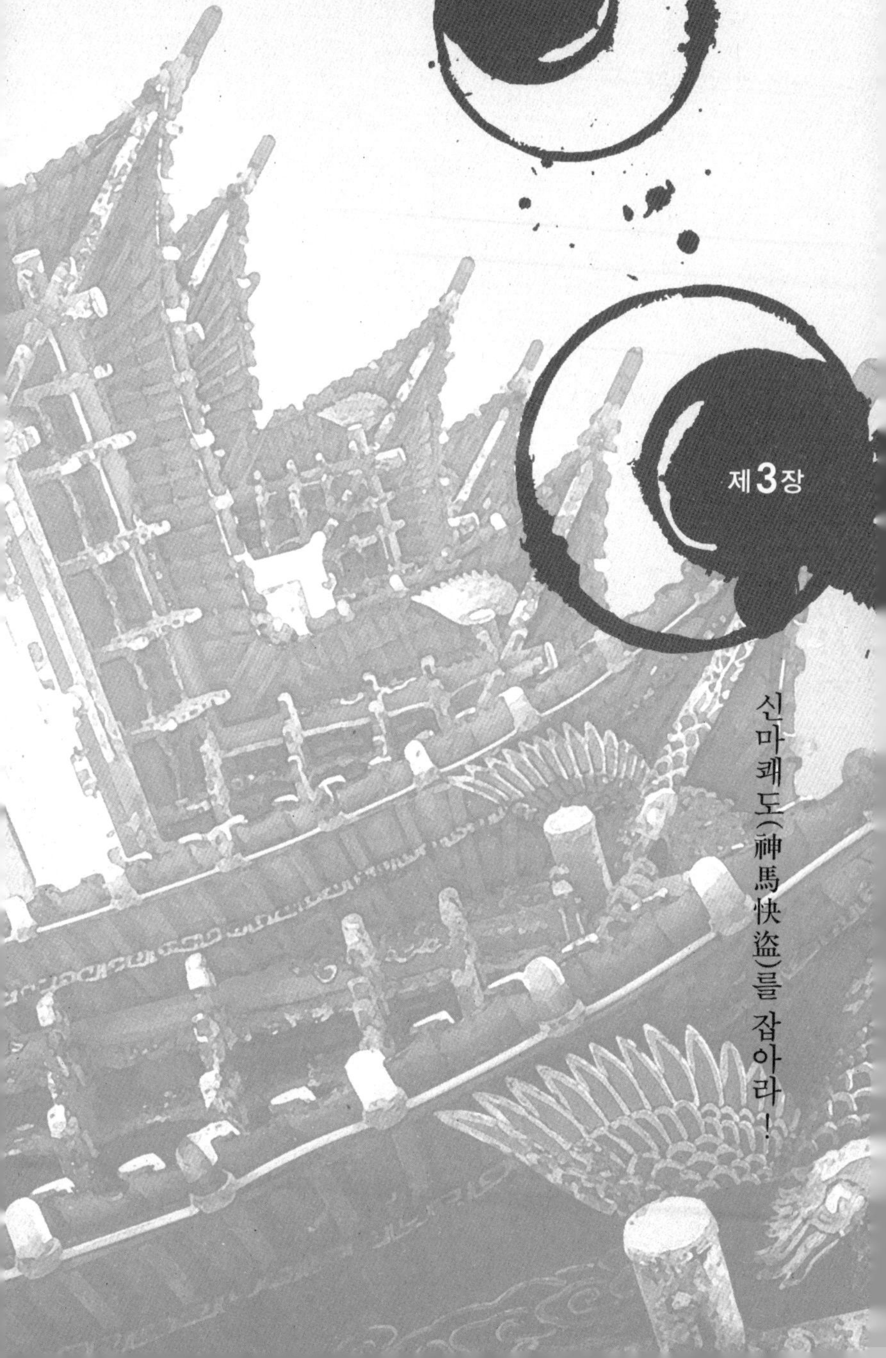

제 3 장

신마쾌도(神馬快盜)를 잡아라!

천극의 쉬

소문은 소림사 아래에 자리 잡은 선불객잔의 장삼이라는 점소이에게서 비롯되었다.

'머리 높이가 구 척은 족히 넘는 데다 칠흑처럼 검은 털이 어찌나 윤기가 나는지 파리가 앉다가 미끄러질 지경이었습죠. 어디 모양새뿐이겠습니까요? 발을 한 번 구르면 십 리요, 한 번 도약이면 십 장을 훌쩍 날아 버리는데…… 와! 글쎄, 천신님이 타고 다닌다는 신마가 따로 없었다니까요. 하긴, 소림의 장경각을 턴 천하제일의 신투(神偸)가 타는 말인데 아무렴 어련하겠습니까요.'

사람의 말이라는 것이 항상 있는 그대로를 전하지는 않는

법이다.

그날 밤의 유일한 목격자였던 점소이도 그랬고, 점소이의 말을 전하는 호사가들의 입도 그랬다.

사람들의 기대치가 높아질수록 소문은 더욱더 자세해지고 더욱더 과장되어 갔다.

그리고 하나의 전설이 탄생했다.

신마쾌도(神馬快盜).

소림사 장경각을 턴 희대의 도둑.

그가 타는 신마는 날개가 달려서 하늘을 난다고 하고, 얼굴은 천변만화해서 칠십 노인이 되었다가 약관의 청년이 되기도 하고 남자가 되었다가 여자가 되기도 해서 아무도 그 본래 얼굴을 보지 못했다고 한다.

들어가지 못할 곳이 없고 훔치지 못할 물건이 없어서 황궁 무고까지도 이미 털렸다고 하고, 그리해 그가 모은 재산만 해도 족히 대륙의 땅 절반은 사고도 남을 정도라 하고, 그가 훔친 무공서는 그 한 권 한 권이 절세의 비급이라고도 한다.

처음에는 그저 터무니없는 소문으로 치부해 버렸다. 하지만 그를 잡기 위해 소림이 십팔나한에 더해서 사대금강까지 내보냈다는 소식이 알려지면서, 그들을 이끄는 자가 소림의 다음 대 주인인 신승 혜광이라는 것까지 알려지면서 그것은 더 이상 터무니없는 헛소문도 호사가들의 입방정도 아니게 되었다.

그렇게 보태어진 소문은 무림인들을 자극했다.

영웅이 되고자 하는 자, 절세의 고수가 되고 싶은 자, 천하제일의 부를 원하는 자.

신마쾌도를 잡아라!

그렇잖아도 천하오절의 비급이다, 천절문이다 해서 바람 잘 날 없는 무림이 다시 한 번 뜨겁게 달아올랐다.

뜨겁게 달아오른 만큼 소문은 빠르게 번져서 그로부터 불과 한나절 만에 천풍의 귀에도 닿았다.

*　　*　　*

천풍은 하남이 아닌 섬서로 길을 잡았다. 무한으로 곧장 가려면 하남을 가로지르는 게 가장 빠른 길이었지만, 가능하면 소림과는 거리를 두고자 섬서성으로 우회로를 택한 것이었다.

천풍이 그 소문을 접한 것은 산서성과 섬서성의 접경 지역인 합양(合陽)에 막 당도했을 무렵이었다.

소문이라는 것이 대개 한잔 술의 안줏거리가 되기 마련이듯이 천풍도 요기를 하고자 들른 어느 객점의 어느 술자리에서 그 소문을 접했다.

소문의 신마쾌도가 자신임은 단박에 알아차렸다. 하지만, 무림인들이 쫓고 있다고 하는데도 별로 걱정이 되지 않았다. 그도 그럴 것이 옥면신룡 때도 그랬듯이 소문 속의 신마쾌도와 현실 속의 자신은 달라도 너무 달랐기 때문이다.

오죽하면 그렇게 침을 튀겨 가며 신마쾌도를 떠들어대면서도 바로 옆자리에 앉은 천풍에게 한 점 의심도 두지 않았을까.

'게다가 날개는 또 뭐고.'

제아무리 눈썰미가 뛰어난 사람이라 해도 천풍과 풍천을 그 허황된 소문과 같이 엮지는 못할 것이다.

그래서 그런지 남의 일인 양 그다지 현실감도 없었고 이렇다 할 위기감도 느껴지지 않았다. 소문을 듣기 전에는 소림의 추격에 긴장이 되었었는데, 소문을 듣고 나니 오히려 맥이 빠지고 긴장이 풀리는 느낌이었다.

그리해 푹 잤다.

한데, 어찌 된 일일까?

얼마나 잤는지도 가늠이 안 될 만큼 푹 자긴 했는데 몸이 왜 이렇게 무겁고 머리는 또 왜 이렇게 아픈 것일까?

거기다 눈꺼풀은 천근만근이다.

"끄응……."

"어? 큰 오라버니, 이 자식 깨는데?"

"뭐? 그럴 리가 있나? 그 정도 미혼향이면 호랑이도 사흘 밤낮은 복날 더위 먹은 개새끼마냥 축 늘어져 있을 거라 했는데?"

"뭐요? 아니 그럼 형님, 이놈이 깰 때까지 사흘이나 기다려야 한다는 말이오?"

"그러니까 지금 깨고 있다니까요."

대체 이게 다 무슨 소란일까?

천근만근인 눈꺼풀을 힘겹게 들어 올렸다.

낯설다. 시야에 들어오는 새까만 천장도, 코끝을 스치는 퀴퀴한 냄새도, 그리고 뒷골목깨나 주름잡았을 법한 사나운 얼굴의 두 사내와 기루에서 흔히 볼 수 있을 법한 분칠 짙은 여인의 얼굴도.

"뉘신지…… 그리고 여긴 대체……?"

"어라? 이 자식, 깼잖아?"

"그러니까 깨고 있다고 그랬잖아요."

"그럴 리가 없는데……."

"뭐, 사흘이나 기다릴 필요가 없어졌으니 차라리 잘됐잖수."

정말이지 이게 다 무슨 일이란 말인가?

도무지 영문을 몰라 하며 몸을 일으키려는데 손발이 마음처럼 움직이지 않았다.

그제야 알았다. 손과 발이 묶여 있었다.

"그냥 얌전히 있는 게 좋을 거예요. 무려 은자 이백 냥을 주고 구한 교룡삭(蛟龍索)이니까. 하긴, 군자산까지 먹었으니 교룡삭 아니라 볏짚이라 해도 끊어내지는 못할 테지만 말이에요."

상황과 어울리지 않게 친절하면서도 색기가 좔좔 넘쳐흐르는 여인의 목소리였다.

교룡삭에 군자산이라니?

교룡삭이라면 교룡의 힘줄로 만들어서 그 어떤 보검으로도 끊을 수 없다는 영물이었다. 그리고 군자산은 일시적으로 단전의 공력을 흩트려 내공을 끌어 올리지 못하게끔 하는 산공독이었다.

어느 하나 쉽게 구할 수 있는 물건이 아니다. 그렇게까지 철두철미하게 준비를 해서 자신을 납치했다.

'대체 왜?'

물론 겁이 나지는 않았다.

"제게 뭘 원하시는 겁니까?"

그저 궁금할 뿐이다.

천풍의 질문에 여인이 끈적끈적한 눈빛을 하고 그보다 더 끈적끈적한 말투로 반문했다.

"우리가 왜 이러는지는 공자께서 더 잘 알고 계시지 않나요?"

"……?"

"설마 그 많은 걸 혼자 다 먹으려 하신 건 아닐 테죠?"

"……?"

무슨 말을 하는 건지 모르겠다.

"오호, 순진한 얼굴을 하셔서는 능청을 다 떠시는군요. 그러니 이 누이, 애가 더 닳잖아요. 애가 닳으니 몸도 달아오르고 열도 나고 가슴도 두근거리고…… 여기 봐요, 여기. 여기 가슴 보이죠? 심장이 콩닥콩닥 뛰니 가슴이 커졌다 작아졌다 하잖아요. 오호호. 얼굴도 딱 내 취향인데 그러지 말고 오늘 이 누이의 가슴에 파묻혀 뜨거워져 보는 건 어때요? 그러면 이 누이 가슴도 좀 진정이 될 텐데…… 그러면 좀 더 허심탄회하게 이야기를 나눌 수도 있을 것 같은데?"

손가락으로 천풍의 볼을 쓰다듬는가 하면 귀에 입김을 불어넣기도 하고 지나치게 풍만한 가슴을 밀착해 오기도 한다.

여인의 체향을 이렇게 가까이서 맡아 본 적이 없는 천풍이다. 그리고 그 역시 어쩔 수 없는 사내다. 팔에 닿아 뭉클거리는 커다란 육봉이 신경 쓰이는 거야 당연했다.

"어머! 얼굴 빨개지는 것 좀 봐. 아유, 귀엽기도 하셔라!"

그러고는 와락 껴안기까지 한다. 덕분에 천풍의 입과 코가 육봉의 늪에서 행복한 비명을 질러댔다.

"아니, 저기, 이게……."

너무 갑작스럽게 벌어진 일이라 어찌할 바를 몰라 허둥대는 천풍이다. 손발이 묶여 있으니 거부하려야 거부할 수도 없는 노릇. 풍만한 가슴에 빠져 허우적거리는데 다행인지 아쉬움인지, 사내 중 뺨에 칼자국이 있어 조금 더 험상궂어 보이는 사내가 천풍으로부터 거칠게 여인을 떼어냈다.

"이것아, 지금 이러고 있을 때가 아니잖아. 어찌 반반한 사내만 보면 그리도 정신을 못 차려?"

"그러는 둘째 오라버니는 반반한 계집만 보면 정신 못 차리기는 매한가지 아녜요?"

"그래도 나는 때와 장소는 가려. 아무 데서나 계집 옷고름을 풀지는 않는다 이 말이야. 일생일대의 기회를 손에 쥐었는데, 괜히 찝쩍거리다 부정이라도 타면 어쩌려고 그래?"

"부정은 무슨 부정이에요. 내 딴에는 일을 쉽게 풀어 보려고 그런 건데. 둘째 오라버니는 미인계도 몰라요? 미인계!"

"미인계 같은 소리 하고 있네. 자고로 미인계라 하면 은근한 맛이 있어야지, 너처럼 가슴부터 들이밀어서는 잠자리는 할 수 있어도 사내 마음을 홀리지는 못하는 법이야."

"흥! 여자는 자고로 마음씨보다는 엉덩이고, 엉덩이보다는 가슴이라 한 게 누군데 그래요?"

티격태격하며 듣고 있기 민망한 말들을 거침없이 뱉어낸다.

듣기 민망했던 것은 비단 천풍만은 아니었던 모양이다.

"그만들 하거라."

이남일녀 중 가장 연장자로 보이는 사내였다.

세상 거칠 것 없이 살아온 듯한 그들이건만 사내의 말 한마디에 찍소리 한 번 못 하고 입을 닫는다.

그렇게 강해 보이지도 그렇게 무서워 보이지도 않았다. 하지만 확실히 그 둘과는 달리 말이나 눈빛에 무게가 있었다.

두 남녀의 입을 다물게 한 사내가 성큼 천풍에게로 다가와 무릎을 굽히고 앉았다.

그리고 대뜸 묻는다.

"신마쾌도, 맞나?"

"……!"

그야말로 숨이 넘어갈 듯이 놀랐다.

"역시 우리가 헛다리를 짚은 건 아닌가 보군."

천풍의 표정이 충분한 대답이 되었던지 사내가 입꼬리를 말아 올리며 고개를 끄덕인다.

어떻게 알았을까?

자신의 모습에서 소문의 신마쾌도를 떠올릴 만한 것은 아무것도 없었다. 심지어 천풍의 얼굴을 아는 소림승들조차 엉뚱하게도 이곳과 반대 방향인 호남으로 향하고 있다고 했다.

'물론 혜광 그 친구가 기지를 발휘한 덕분이겠지만…….'

어떻게 봐도 제대로 된 정보력을 갖춘 자들로는 보이지 않는다. 행색으로 보나 말투로 보나, 녹림채에서 행인들이나 등쳐 먹는 정도까지는 아니지만 그것과 크게 다르지는 않은 삶을 살고 있을 것 같은 면면들이었다.

소림승들조차 천풍의 위치를 제대로 파악 못 하고 있는데, 이들이 이렇게나 빠르고 기민하게 움직였다는 것이 도무지 이해가 되지 않았다.

"그래서 말인데……."

천풍이 어리둥절해 있자 사내가 툭 던지듯 그렇게 운을 뗐다.

"우리가 자네를 이렇게 모시고 온 것은……."

"장경각에서 훔친 비급들 좀 같이 나눠 쓰자는 거죠."

뒷말은 여인의 것이었다.

여인이 친근한 미소를 띠며 한쪽 눈을 찡긋해 보인다.

어쨌거나 저들이 자신에게 왜 이런 짓을 하는지, 자신이 왜 이런 지경에 처해 있는지는 확실해졌다.

'장경각의 비급이 탐이 났던 거군.'

어디 장경각의 비급뿐이겠는가. 신마쾌도가 가지고 있다는 금은보화들까지도 그들의 탐욕을 부추겼을 것이다. 신마쾌도의 재산이 대륙의 땅 절반은 살 수 있을 정도라 하지 않던가.

물론 천풍에겐 애당초 장경각의 비급 같은 것은 있지도 않지만 말이다. 다시 말해 그들은 지금 헛다리를 짚고 있음이다.

"뭔가 잘못 알고 계신 듯한데, 장경각의 비급 같은 건 가지고 있지도 않습니다."

"흥! 발뺌해 봐도 소용없어요. 설마하니 우리 여산삼귀(驪山三鬼)가 아무런 확증도 없이 이런 일을 벌였으리라 생각하시나요?

'여산삼귀?'

여인은 그 이름에 자부심을 담았지만 천풍에게는 낯설기만 했다. 그도 그럴 것이 천풍의 견문이 짧은 것도 짧은 것이지만, 첫째 혈귀(血鬼) 마립(馬立)을 위시해서 광귀 마등(馬登)과 요귀 마화(馬花) 삼 남매로 이루어진 그들 여산삼귀 자체가 섬서 일대의 녹림도들 사이에서나 조금 알려졌을 뿐, 그리 위명 높은 고수도 악명 높은 마두도 아니었기 때문이다.

이름조차 들어 보지 못한 그들이 신마쾌도가 자신임을 어떻게 알아냈는지 새삼 궁금했다. 물론 궁금함보다는 답답함이 더 컸다.

"확증이라는 게 무언지는 모르지만 애당초 저는 장경각의 비급 같은 건 훔치지도 않았습니다."

"그럼 공자가 신마쾌도가 아니기라도 하다는 말씀이세요?"

"소문의 신마쾌도가 저인 것은 맞습니다만 장경각의 비급은 훔치지……."

"정말 실망이네요. 장경각을 털었다기에 희대의 영웅호걸인가 했더니, 알고 보니 자기가 한 일조차 떳떳이 밝히지 못하는 졸장부였군요."

정말로 실망을 한 것인지 지금까지의 교태는 사라지고 차가운 한기만 풀풀 날렸다. 단지 한기만 풀풀 날리는 정도가 아니었다.

스릉!

단도를 뽑아서는 서슬 퍼런 칼날을 천풍의 목덜미에 가져다 대기까지 했다.

"공자가 졸장부라서 실망스럽긴 하지만 대화는 더 잘 통할 것 같네요. 졸장부에게 제일 중요한 건 자존심이나 명예 따위가 아니라 목숨일 테니 말이에요."

죽고 싶지 않으면 순순히 장경각의 비급을 내놓아라.

마화는 그리 말하고 있었다.

'이거 참…….'

태도로 보아하니 지금은 어떤 말을 해도 믿어 줄 것 같지 않았다. 그렇다고 가지고 있지도 않은 걸 내어줄 수도 없는 노릇. 이 상황을 어떻게 모면해야 할지 급히 머리를 굴려 보는데, 그런 천풍의 낌새를 알아차렸는지 마화가 비웃음을 날렸다.

"허튼수작은 않는 게 좋을 거예요. 설마하니 교룡삭을 끊을 수 있을 거라 생각하는 건 아니겠죠? 군자산에 당한 그 몸으로?"

마화의 말대로였다. 교룡삭이 그리 간단히 끊을 수 있는 것이라면 영물이라 하지도 않았을 것이다. 몸 상태가 온전해도 끊을 수 있다 장담 못 하는 판국인데 하물며 군자산에 당해 내력마저 모을 수 없는 지경임에야 오죽할까.

'아니, 군자산은 단전에 내력을 모을 수 없게 하는 독이니까 나와는 상관이 없을지도…….'

어차피 그는 타고나기를 단전이 없이 타고나지 않았는가.

단전이 없다. 당연히 그의 단전에는 군자산에 흐트러질 내력도 없다.

천풍은 혈정을 모아 보았다.

모였다. 군자산이 혈정에는 전혀 영향을 미치지 못하는지

전신 삼백육십오 개의 혈 속에 모인 혈정들이 꿈틀꿈틀대며 요동쳤다.

'그럼 교룡삭만 해결하면 되는 거로군.'

되든 안 되든 시도나 해 볼 요량으로 어깨의 거골혈(巨骨穴)과 견정혈(肩井穴), 팔꿈치의 곡지혈(曲池穴)과 천정혈(天井穴), 손목의 양지혈(陽池穴)과 열결혈(烈缺穴), 그리고 손바닥의 노궁혈(勞宮穴)과 전곡혈(前谷穴)의 혈정을 모조리 끌어 올렸다.

한데, 이번에도 천풍의 낌새를 바로 눈치챘는지,

"허튼수작 말라고 했죠?"

마화가 한층 더 위협적인 목소리로 그렇게 경고를 해 왔다.

목소리만 한층 더 위협적인 것이 아니었다. 목덜미에 닿은 칼날에서도 한층 더 서늘한 기운이 느껴졌다.

상황이 급변한 것은 바로 그때였다.

"장경각의 비급이 대단하긴 대단한가 보군. 물건은 훔쳐도 사람은 해하지 않는다는 여산삼귀가 납치를 다 할 정도니 말이야."

여산삼귀 그 누구의 목소리도 아니었다. 갑작스레 폐가 안을 쩌렁쩌렁 울려대는 목소리는 분명 문밖에서 들려왔다.

'누구지?'

어리둥절해하는 천풍과는 달리 여산삼귀의 얼굴은 그야말로 급박하게 변해 있었다.

"마승(魔僧) 양기(楊紀)!"

마화가 사색이 되어 그렇게 외쳤다.

"허허. 그래도 아직 노부를 잊지는 않은 모양이군."

처음 목소리가 들렸을 때는 어느 정도 거리감이 있었지만, 이제는 터벅터벅 걸음 소리마저 생생히 들릴 만큼 지척까지 이르러 있었다.

"젠장! 마승 양기가 어떻게 알고 여길 온 거야?"

"어쩌죠?"

"어쩌긴 뭘 어째? 튀어야지! 어차피 싸워서 이길 수 있는 상대가 아니잖아!"

여산삼귀의 행동은 신속했다.

마립과 마등이 그 즉시 뒷문을 박차며 밖으로 튀어 나갔고 천풍을 안아 든 마화도 지체 없이 그 뒤를 따랐다.

이미 이런 상황들을 대비했음인지 뒷문 밖에는 세 마리 말이 준비되어 있었다.

천풍은 그 순간 두 번 놀랐다.

어두컴컴했던 폐가 안과는 달리 밖은 눈이 부시도록 밝은 대낮이라는 것에 놀랐고, 뒷문 밖에 준비된 세 마리 말 중 하나가 풍천이라는 것에 놀랐다.

'풍천까지 같이 잡아온 건가?'

마냥 반가워만 할 처지도, 상황도 아니지만 그래도 반갑다. 하지만 미처 해후의 정을 나눌 새도 없었다.

마화가 천풍을 안은 채로 풍천의 등에 올라탔다.

"이랏!"
풍천의 갈기를 움켜쥐고는 뒤꿈치로 배를 찼다.
한데,
…….
힘차게 낸 목소리가 무색하게 정작 풍천은 미동도 하지 않았다.
"이랏! 이랴앗!"
마화가 연거푸 풍천의 배를 찼지만, 풍천은 여전히 꿈쩍도 하지 않았다.
"뭐야? 이놈 이거 왜 이래?"
다급함에 짜증을 터트리는 마화다.
다급한 것은 그녀의 오라비들이라고 다를 바가 없었다.
"대체 뭐 하는 거냐? 어서 출발해!"
"안 움직여요!"
"뭐? 그게 무슨 소리야?"
"말이 안 움직인다고요!"
갈기를 힘껏 잡아당겨 보기도 하고 한층 더 힘을 실어서 배를 때려 보기도 했지만, 발이 땅에 붙어 버리기라도 한 건지 도무지 요지부동이다.
"신마라는 게 뭐 이따위예요? 왜 안 움직이냐고요!"
'움직이면 그게 더 이상한 일이지.'
천풍에겐 지금의 상황이 전혀 이상하지 않았다.

자신의 말조차 제대로 듣지 않고 느림보 걸음만 해대던 풍천이다. 최고급 양고기라도 배불리 먹여 줘야 겨우 달리는 시늉이나 할까? 그처럼 천하에 시건방지기 짝이 없는 녀석이 마화의 명에 따를 리가 없었다. 오히려 여기까진 어떻게 데리고 왔는지 그게 더 궁금할 지경이다.

물론 그런 사정을 전혀 알지 못하는 여산삼귀는 그야말로 미치고 팔짝 뛸 노릇이었다.

그들이 천풍뿐만 아니라 풍천도 같이 데리고 온 것은 이럴 때를 대비해서였다. 생긴 건 그다지 미덥지 못했지만 적어도 신마라 불릴 정도라면 도주 시에 상당히 유용할 거라는 계산이었다. 그래서 지금처럼 위급한 상황이 닥치면 마화가 천풍을 데리고 풍천을 타기로 미리 계획을 짜 놓은 것인데, 정작 한달음에 십 리를 달린다는 신마가 사실은 고장 난 수레였던 것이다.

"그러게 내 뭐랬소. 딱 봐도 비루먹은 망아지라 하지 않았소. 소문 그거 믿을 게 못 된다니까."

"지금 그런 소리나 하고 있을 때예요? 이제 어쩌냐구요!"

"어쩌긴 뭘 어째. 갈아타야지."

그리 말하고는 마등이 자신의 말에서 내렸다.

"이거라도 타고 가."

"그럼 둘째 오라버니는요?"

"어차피 신마가 신마가 아니라면 저 늙은 색마 놈을 따돌리기는 힘들어. 나라도 남아서 시간을 끌어 봐야지."

"그치만……."

"아아, 네 말대로 지금은 그런 소리나 하고 있을 때가 아니잖아."

그렇게 마화의 걱정을 일축한 마등이 대뜸 마화를 들어서는 자신의 말에 앉혔다. 그 바람에 마화에게 안겨있던 천풍마저 같이 옮겨졌다.

"지체할 시간 없어. 어서 가!"

"그치만 상대는 마승 양기예요. 죽을지도 모른다고요."

"등 아우는 내가 살필 테니 걱정 말고 가거라."

"큰 오라버니……."

이젠 마립마저 말에서 내린다.

"형님은 또 왜 나서요?"

"어차피 너 혼자서는 무리다. 일각도 버티지 못해. 저 늙은 색마의 손아귀에서 벗어나려면 화아에게 적어도 반 시진은 벌어 줘야 하는데 그러자면 너와 나 둘이서 죽기로 막는 수밖에 없다."

"무슨 소리! 내가 마음만 먹으면 저딴 늙은 색마쯤은 하루 종일이라도 붙들 수 있소! 그러니까 여긴 나한테 맡기고 형님은 화아나 챙기쇼!"

"안 돼. 아니, 이젠 그러고 싶어도 그럴 수가 없게 됐다."

마립의 말이 채 다 끝나기도 전이었다.

그들이 나온 뒷문으로 음산한 그림자 하나가 불쑥 모습을 드러낸다.

"흐흐. 난 또 어디 멀리라도 달아난 줄 알았더니 여기에 다 모여 있었군. 하긴, 괜한 욕심으로 화를 자초하는 것보다는 목숨이라도 부지하는 편이 현명한 판단이긴 하지. 그래, 그 아이가 소문도 자자한 신마쾌도라는 도둑인가?"

목소리만큼이나 음산한 눈빛이 여산삼귀를 스윽 훑은 후 천풍에게 이르렀다.

마침 천풍도 마승 양기라는 자를 보고 있었다.

살피자면 맑고 하얀 얼굴에 발그스름한 양 볼, 앵두같이 붉고 도톰한 입술이었다. 하지만 표현만큼이나 그 외모가 아름답다고는 할 수 없는 것이, 늙고 뚱뚱했다.

크고 둥글했을 것 같은 눈은 두툼한 눈두덩에 덮여 실처럼 가늘었고, 겹겹이 층을 이룬 목살은 쥐어짜면 당장에라도 기름을 뚝뚝 흘릴 것만 같았다. 게다가 비계가 거죽을 당겨 얼굴 주름은 잘 보이지 않았지만, 한 번씩 입을 열 때면 입꼬리를 따라 메마르고 깊은 주름 골이 자글자글하게 번져서 도무지 나이를 짐작하기가 어려웠다.

어디 그뿐이랴. 음충맞게 굴려대는 눈빛과는 어울리지 않게 반들반들한 머리에는 아홉 개나 되는 계인이 찍혀 있는가 하면, 마승이라는 별호에 맞게 승복을 입고 있기는 한데 최고급 비단에 오색 빛깔의 영롱한 보석들까지 촘촘히 박혀 있어 실상 승복이라고 하기보다는 어느 졸부의 행색에 더 가까워 보였다.

천풍의 눈에 비친 마승 양기는 그렇게 부자연스럽고 어딘지 괴기스럽기까지 한 모습이었다.

천풍은 여산삼귀가 왜 그토록 겁을 먹었는지, 지금 그를 안고 있는 요귀 마화의 손이 왜 이토록 떨리고 있는지 알았다.

한눈에 보기에도 그들의 상대가 아니었다. 그뿐만 아니라 눈두덩 사이로 흉흉하게 빛나는 눈빛은 살기와 광기만 가득할 뿐, 티끌만 한 인성도 보이지 않았다.

아마도 평생을 자비와는 담을 쌓고 살아왔을 것이 틀림없었다. 그 눈이 여산삼귀를 향할 때면 진득한 살기로 번들거리는 것으로 보아 그것은 지금도 별반 다르지 않아 보였다.

마화에게만은 진득한 살기가 아닌, 음충맞은 색기를 드러내고 있지만 그마저도 더 잔악하고 더 흉포한 빛깔일 뿐이었다.

천풍을 순순히 내어준다고 해도 결코 여산삼귀를 살려 주진 않을 것이다. 마승 양기의 성정이야 천풍보다 여산삼귀가 더 잘 알고 있었다.

그리해 마립이 행동에 나섰다.

짜악!

경쾌한 타격음에 이어,

이히히힝!

비명과도 같은 울음소리가 터져 나왔다.

그보다 앞서 갑작스러운 고통에 놀란 말이 본능적으로 튀어 나갔다. 마립이 마화와 천풍이 탄 말의 엉덩이를 사정없이 후려친 것이다.

"큰 오라버니!"

마립의 갑작스러운 행동에 마화가 놀라 소리쳤지만 이미 수십 장은 멀어진 후였다.

"네놈들이 기어이 명을 재촉하는구나!"

마승 양기가 마화를 쫓으려 땅을 박찼다.

그 앞을 마립과 마등이 막아선 것 또한 마화와 천풍이 이미 까마득히 멀어진 다음의 일이었다.

상대가 마승 양기라면 어차피 다 같이 개죽음을 당할 뿐이다. 그럴 바에야 하나라도 사는 길을 택하는 게 최선이다. 그리고 하나를 택해야 한다면 그건 마화뿐이다. 눈에 넣어도 아프지 않을 하나뿐인 여동생이기도 하거니와 그 여동생의 몸이 마승 양기의 추악한 음심에 더럽혀지는 꼴은 결단코 보고 싶지가 않으니까. 그래서 마화를 떠나보냈다.

아마도 그런 오라버니들의 마음을 충분히 알기 때문일 것이다. 핏발 선 눈에서는 당장 눈물이라도 쏟을 것 같았고 질끈 깨문 입술에서는 이미 핏방울이 보일 지경이건만 말을 멈추지도, 움켜쥔 고삐를 놓지도 않았다.

그렇게 내달리기를 이각 정도가 흘렀을 때였다.

그제야 말이 멈췄다.

말을 멈추고는 대뜸 한다는 말,

"내려요."

"……?"

천풍이 영문을 몰라 마화를 쳐다보자 마화가 긴말하기 귀찮다는 듯 눈살을 찌푸리고는 천풍을 번쩍 들어서 땅으로 내려놓는다.

그리고 또 대뜸 한다는 말,

"도망치세요. 아니면 숨든가."

"……?"

"절대로 잡히지 말란 말이에요. 특히 마승 양기 그 개자식한테는."

"저를 놓아주겠다는 겁니까?"

"괜히 나중에 우리 때문에 죽었다는 원망은 듣고 싶지 않으니까."

"소저는……?"

"아직은 늦지 않았을 테니까 오라버니들께 가 봐야죠."

늦지 않았다.

"아……!"

그러고 보니 마립이 자신과 마등 둘이면 반 시진은 버틸 수 있다고 했다. 여기까지 오는 데 이각을 달렸으니 돌아가면 대략 반 시진이다. 그렇다면 다시 돌아갈 것을 계산하고 여기까지 달려왔다는 뜻이다. 그것도 마화 자신이 살기 위해서가 아니라 마승 양기의 마수로부터 천풍을 최대한 멀리 떼어 놓으려고.

천풍을 납치해서는 목에 칼까지 들이댄 것치고는 지나친 선심이다.

돌이켜 보면 물건은 훔쳐도 사람은 해하지 않는다고 마승 양기가 말했었다.

'하면 그렇게 악한 자들은 아니라는 건가?'

하긴, 그들이 그렇게 악한 자들이었다면 애초부터 서로를 위해 목숨을 내던질 만큼의 우애 같은 건 있지도 않았을 것이다.

그리 생각하니 가슴부터 들이밀며 음탕한 말을 해대던 그녀가 조금은 다르게 보였다.

"소저가 합세한다고 당해낼 자가 아닌 것 같았습니다만……."

"어머? 지금 절 걱정해 주시는 거예요?"

"아니 뭐, 전 그냥……."

스스로 생각해도 우습다. 이건 그야말로 자신의 집에 든 도둑이 돌아가는 길에 혹여 발이나 헛디디지 않을까 안부 걱정하는 격이다.

"혹시 이 누이의 가슴이 그새 그리워지기라도 한 건가요? 하긴, 남정네라면 어찌 이 신이 빚어 놓은 듯한 아름답고 신비로운 가슴을 그리워하지 않을 수가 있겠어요."

시도 때도 없이 가슴 타령이다. 정말이지 자신의 가슴에 대한 자부심이 강한 여인이다.

'뭐, 자부심을 가질 만하긴 한 것 같기도…….'

괜스레 마화의 가슴으로 눈길이 간다. 천풍의 눈길이 닿자 수줍어하기는커녕 보란 듯이 가슴을 앞으로 내민다. 그러니 또 괜스레 얼굴이 붉어지는 천풍이다.

"훗! 좋아요. 이 누이의 가슴을 생각하는 공자의 마음을 봐서 다음에 다시 만나게 되면 마음껏 주무를 수 있도록 허락해 드리죠. 딱 하루만!"

"아니, 그러니까 저는 소저의 가슴을 생각하는 게 아니라……."

천풍이 뭐라 변명을 하기도 전에 마화가 고삐를 돌렸다.

"그럼 이 누이의 가슴과 재회하는 그날까지 꼭 살아 있으세요."

그러고는 뒤도 돌아보지 않고 먼지를 휘날리며 달려가 버렸다.

그렇게 멀어져 가는 마화의 뒷모습을 멀뚱히 바라만 보던 천풍은 문득 마화가 잊고 간 것이 있음을 깨달았다.

"이왕 놓아주는 거면 이것도 풀어 주고 갈 것이지."

살길 찾으라면서 정작 교룡삭을 풀어 주지 않고 간 것이다. 게다가 혼자 남게 되니 긴장이 풀린 탓인지 오줌이 마렵다. 납치를 당하는 바람에 하루 종일 볼일을 보지 못했으니 그럴 만도 했다.

'이거 참…….'

볼일은 봐야겠는데 손은 묶여 있고, 그렇다고 바지에다 실례를 할 수도 없고 참으로 난감한 노릇이다. 상황이 난감하니 마려움은 더욱 심해져서 이젠 아예 방광이 터질 듯했다.

교룡의 힘줄 아니라 진짜 용의 힘줄이라 해도 끊어야 할 판이다. 그리해 조금 전 하려다 못한 것을 되든 안 되든 다시 한번 시도했다.

어깨의 거골혈과 견정혈, 팔꿈치의 곡지혈과 천정혈, 손목의 약지혈과 열결혈, 손바닥의 노궁혈과 전곡혈의 혈정을 최대치로 끌어 올렸다. 만일 교룡삭이 끊기지 않으면 자칫 지나치게 강한 힘으로 인해 오히려 손목을 다칠 수도 있었지만, 그런 것을 신경 쓸 만한 여유가 없었다.

한데, 혈정을 채 다 끌어 올리기도 전이었다. 제대로 힘을 쓰지도 않았는데,

투둑!

'……?'

끊겼다.

투두두둑.

발을 묶은 것마저도 끊어졌다.

"에?"

허무할 만큼 너무도 간단히 끊겨 버렸다.

'이게 교룡삭이라고? 신외지물인?'

차라리 짚을 꼬아 만들어도 이것보단 튼튼할 듯싶었다.

이따위 것이 교룡삭일 리가 없다.

"날 속인 건가?"

아니면 여산삼귀가 속았거나.

생각해 보면 교룡삭 같은 신외지물이 그리 쉽게 구해질 리가 없다. 더구나 은자 이백 냥이라 했다. 은자 이천 냥, 아니, 이만 냥으로도 구하기 어려운 것을 고작 은자 이백 냥에 구했다고 한 것부터가 애당초 말이 안 되는 것이었다.

허탈하기도 하고 바보가 된 것도 같다. 하지만 그런 감정들보다 이미 한계에 도달해 있는 생리 현상을 해결하는 게 먼저였다.

쏴아아아!

참 시원하게도 나온다. 스승 현야가 보았다면 '그놈 오줌발 한번 실하구나!' 라며 대견해했을지도 모른다.

그렇게 시원하게 볼일을 본 천풍은 잠시 고민했다.

사실 고민하고 말고 할 것도 없는 일이다.

이대로 가던 길을 가면 그뿐이다.

하지만 마음이 쓰인다. 전혀 마음 쓸 일이 아니건만, 그럴 만한 의리도 정리도 없는 사이건만, 오히려 비급 욕심에 자신을 납치까지 한 악당들이건만, 떠나며 보였던 마화의 얼굴이 어쩐 일인지 자꾸만 뇌리에 맴돈다. 아니, 보다 솔직히 말하면 얼굴보다는 가슴이 더 선명히 남아 있다.

'정말 그 여인의 가슴이 그리워지기라도 한 건가?'

생전 처음 느껴본 무르익은 육봉의 감촉이 아직도 생생해서, 떠올리자니 가슴이 쿵쾅대기도 하고 '꿀꺽' 마른침이 절로 삼켜지기도 한다. 게다가,

'훗! 좋아요. 이 누이의 가슴을 생각하는 공자의 마음을 봐서 다음에 다시 만나게 되면 마음껏 주무를 수 있도록 허락해 드리죠. 딱 하루만!'

떠나며 했던 마화의 그 말이 이명처럼 자꾸만 귓가를 간질이기까지 한다.

천풍은 이내 고개를 내저어 낯 뜨거운 상념들을 머릿속에서 지웠다.

'그럴 리 없지.'

그들을 신경 쓰는 것이 그런 저속한 의도에서 비롯되었을 리가 없다.

'아무렴. 내가 그렇게 저속한 사내일 리가 없잖아?'

그저 여산삼귀가 보여 준 깊은 우애가 마음을 움직인 것뿐이리라.

그렇게 변명 아닌 변명을 하며 결심을 굳혔다.

이유야 어쨌든 이대로 모른 척할 수가 없다. 그러자니 마음이 내키지 않는다. 내키지 않는데 억지로 모른 척할 필요야 없

는 일이다.
마음이 가는 대로 그냥 행하기로 했다.
'풍천이 놈도 찾아와야 하고.'
그리해 마화가 떠난 방향을 되짚어 땅을 박찼다.

제 4 장

삼십만 냥짜리 노림수

불과 반 시진 만에 여산삼귀는 만신창이가 되어 있었다. 온몸은 피투성이였고 연방 가쁜 숨을 토해내는가 하면, 두 발로 서 있기도 힘든지 검에 기대어 간신히 버티고 있는 실정이었다. 그나마 마화의 상태가 나아 보이긴 했지만 그마저도 단지 늦게 합류해서가 아니라 그저 마승 양기의 음탕한 취미 때문이었다.

살점 하나 다치지 않게 손을 썼다. 대신 그녀가 입고 있던 옷을 더 이상 옷이라 할 수 없을 지경으로 만들어 버렸다.

갈기갈기 찢겨 이젠 옷이라기보다는 천 조각이라 해야 옳았다. 다행히 작은 천 조각이나마 아직 중요한 곳만은 가리고 있었지만 그마저도 오래가진 못할 것 같았다. 아니, 그 작은 조각으로 그녀의 큰 가슴을 가리기에는 이미 역부족인 상태로 보였다.

천풍이 당도한 것은 바로 그 무렵이었다.

천풍의 등장에 가장 먼저 반응한 것은 마화였다.

"여길 왜 왔어요? 죽으려고 환장했어요?"

그녀의 반응은 놀람이기도 했고 어이없음이기도 했고 답답함이기도 했다.

"아니 그보다, 교룡삭은 또 어떻게 푼 거예요?"

"그냥…… 끊어지더군요."

"뭐예요? 그냥 끊어지다니? 그럴 리가 없잖아요? 교룡삭이 그렇게 간단히 끊어질 리가…… 설마, 그게 교룡삭이 아니었단 말이에요?"

"뭐어!"

천풍이 뭐라 대답을 하기도 전에 마등이 발끈해서 외쳤다.

"그럼 곽가 놈이 우리한테 사기를 쳤단 말이야? 은자 이백 냥을 홀라당? 이 개자식이! 우리가 제 놈이랑 거래한 게 몇 년인데 감히 사기를 쳐? 내 이놈의 개자식을 만나기만 하면 아주 뼈마디란 뼈마디는 모조리 접어 버린다!"

정신이 육신을 지배한다는 말이 괜한 말은 아닌 모양이다. 방금 전까지만 해도 지푸라기 한 줌 들 힘도 없어 보일 만큼 지쳐 있었건만 사기를 당했다는 사실에 분기탱천해서는 길길이 날뛰는 마등이다.

덕분에 의문 하나는 풀었다.

'내가 저들에게 속은 건 아닌 모양이군.'

그동안 바보처럼 꼼짝 못 하고 교룡삭에 묶여 있었던 것이 여산삼귀에게 속았던 거였다면 많이 창피했을 텐데 그나마 다행이었다.

그런 천풍의 속마음이야 어떻든 마화는 답답하기만 한 모양이다.

"아니, 아무리 교룡삭이 교룡삭이 아니었다고 해도 그렇지. 손발이 풀렸으면 한 걸음이라도 더 멀리 달아났어야지 여길 다시 오면 어떡해요? 군자산에 당한 걸 잊어먹기라도 한 거예요? 내공조차 모을 수 없는 몸으로……. 설마…… 군자산까지 가짜였던 건?"

"그럴 리가 없다. 교룡삭이야 가짜일진 몰라도 군자산과 미혼향은 우리가 늘 쓰던 것들이지 않느냐."

"그렇죠? 그럼 대체 무슨 생각으로 여길 온 거예요?"

천풍은 마화의 질문에 그저 가벼운 미소로 대답을 대신하고는 그녀에게서 등을 돌렸다.

그렇잖아도 갈기갈기 찢어진 옷 사이로 훤히 드러난 하얀 속살들 때문에 눈 둘 곳을 찾기가 어려웠던 참이기도 했거니와 그들의 하는 양을 느긋하게 지켜만 보던 마승 양기가 이내 손에 든 핏빛 선장을 고쳐 잡으며 눈빛을 흉흉히 빛내 왔기 때문이다.

"이거 참 고마운 노릇이로군. 너무 멀리 도망가 버렸으면 어쩌나 걱정을 했었는데…… 물론 그래 봐야 부처님 손바닥 안이었겠지만 말이야. 뛰어 봤자 벼룩이고."

음충맞은 살소를 뿌린다.

마승 양기에겐 천풍이 독 안에 든 쥐 정도로 보이는 모양인지 그 얼굴에는 오직 살기가 가득할 뿐 티끌만 한 긴장감도 없었다.

그도 그럴 것이 여산삼귀의 말을 들어 보니 이미 군자산에 당해서 내공도 쓸 수 없는 몸이라 했다. 아니, 그게 아니더라도 제아무리 소림의 장경각을 털었다지만 그래 봐야 일개 도둑이다. 거기다 아직 솜털도 가시지 않은 새파란 애송이가 아닌가. 얕잡는 마음이야 당연했다.

물론 상대를 얕보기로는 천풍도 별반 다르지 않았다.

"마승 양기…… 죽어 마땅한 자입니까?"

천풍이 의식적으로 마화를 외면하며 마립에게 물었다.

절망적이다시피 한 상황이었다. 천풍이 오기 전까지 이미 살 생각은 놓고 있었다. 어차피 무림이라는 것이, 무림인의 삶이라는 것이 편한 자리에서 편히 갈 수 있는 것이 아닌 만큼 별다른 미련은 없었다. 다만 하나, 그래도 못내 아쉬운 것은 마화 하나만이라도 살려 보고자 했던 뜻이 끝끝내 실패했다는 것뿐이다.

그렇게 살기를 포기했건만 천풍의 말에서 한 가닥 희망이 보이는 것은 왜일까?

그 역시 마승 양기와 마찬가지로 천풍을 얕보는 마음이 있었다. 신마쾌도를 잡기 위해 군자산에 교룡삭까지 준비를 했지만, 막상 소문의 신마쾌도가 새파란 애송이임을 확인하고는 괜히 이백 냥을 낭비했다는 생각마저도 들었다.

한데, '죽어 마땅한 자입니까?' 라는 그 질문이 어찌 그리도 마음 든든하게 느껴지는 것일까?

그만큼 자신이 절박해졌기 때문일까?

믿고 싶었다. 납치에 협박까지 한 처지에 염치없는 일이지만, 차후에 치러야 할 대가가 어떤 것일지는 모르지만, 아무렴 마승 양기의 손아귀에 떨어지는 것보다야 낫지 않겠는가. 적어도 마화가 늙은 색마의 노리개가 되는 일은 없을 테니 말이다.

그래서 절박한 심정만큼이나 절박한 목소리로 힘주어 대답했다.

"당연히 죽어 마땅한 자입니다!"

그 같은 생각은 마등과 마화도 마찬가지인지 바로 맞장구를 쳤다.

"어디 죽어 마땅할 뿐이오? 오체분시 아니라 백체, 천체분시를 해서 그 조각 하나하나를 저 망할 색마 손에 억울하게 죽은 자들을 위해 분향을 해도 턱없이 모자랄 판인데?"

“그렇죠. 삼 년 전에는 아홉 살밖에 안 된 여자아이 둘을 간살까지 했다죠? 증거는 없지만.”

“그뿐인 줄 알아? 얼마 전에는 혼례 날에 신부를 겁간하기까지 했다더구만. 증거는 없지만.”

“달포 전에는 또 어떻고요. 하다 하다 완전히 미쳐 버린 건지 장안에서는 암돼지에게까지 욕정을 풀었다던데요? 증거는 없지만. 큭큭!”

“사흘 전 일에 비하면 그 정도야 아무것도 아니지. 기르던 개새끼랑도 했다더구만. 그것도 수캐랑. 물론 증거는 없지만. 크크크크큭!”

그렇게도 서로 못 잡아먹어서 안달이던 마등과 마화건만 마승 양기를 흉보는 일에는 죽이 척척 잘 맞는다.

그들이 흥을 내는 만큼 마승 양기의 화가 커진 것은 당연했다.

“이 연놈들이! 정녕 고이 죽고 싶지가 않나 보구나!”

당장에라도 그들을 찢어 죽일 듯이 화를 터트린다.

덕분에 마음을 굳힌 천풍이다.

물론 여산삼귀의 말을 모두 믿는 것은 아니었다. 암돼지니 수캐니 하는 말을 다 믿을 만큼 세상에 대한 왜곡된 눈을 가지고 있지는 않았다. 그들 또한 어디까지나 흥에 겨워 아무렇게나 내뱉은 말이지 믿으라고 하는 말은 아닌 것 같았다.

하지만 마승 양기가 죽어 마땅한 인간임은 확실히 알았다. 아니, 실은 애초부터 여산삼귀의 대답 같은 건 필요치도 않았다.

질문을 하기 전에 이미 죽어 마땅한 악인이라 단정을 지어 놓고 있었다.

그것은 변화였다.

아마도 남양에서 복면인들을 만나고 나서부터일 것이다. 죽이고자 하는 마음이 생겨나고 보이지 않던 것이 보이게 되었던 그때, 그리해 간단히 복면인들의 목숨을 거두었을 때 그의 안에서 많은 것이 변했다.

그전이라면 감히 '죽어 마땅한 자'라는 표현조차 하지 못했을 것이다. 그가 읽은 불경들 속에는 '죽어 마땅한 자' 같은 건 어디에도 존재하지 않았으니까.

죽음이라는 것이, 살인이라는 것이 너무도 가볍고 쉬운 것이 되어 있었다.

차라리 첫 살인이 평범한 것이었다면…….

흑의 복면인들을 죽였을 때 소름끼치도록 날카로운 비명이라든지, 손끝에서 느껴지는 묵직하고 섬뜩한 감촉이라든지, 붉고 끈적끈적한 피가 분수처럼 뿜어져 나오기라도 했었다면 어쩌면 지금과는 달랐을지도 모른다.

하지만 그날 천풍이 느낀 생명의 무게는 너무도 가벼운 것이었다. 하물며 마승 양기와 같은 악인의 것이라면 오죽하겠는가.

죽어 마땅한 자라면 죽이면 그뿐이다.

그렇게 결론을 내리자 주저함은 없었다. 다만,

'사람의 길에서 너무 멀리는 가지 마시게나. 그만큼 돌아오는 길이 힘들어질 테니까.'

어쩐 일인지 그 순간에 노인이 남기고 간 그 말이 뇌리를 스쳐 갔다. 하지만 그것은 그야말로 아주 잠깐 스쳐 간 상념일 뿐이었다.

천풍은 그대로 마승 양기를 향했고 어김없이 수줍은 듯 고개를 내밀고 있는 '그것'을 향해 손을 뻗었다.

이윽고,

…….

흑의 복면인들이 그랬던 것처럼, 그리고 장경각 서고의 비급들이 그랬던 것처럼, 마승 양기 또한 원래부터 없었던 것처럼 그렇게 어김없이 사라져 버렸다.

"아……!"

"에에에?"

"이게 무슨……?"

그렇게 사라져 버린 마승 양기의 흔적을 쫓으며 여산삼귀가 각기 다른 탄성을 터트린다.

그러나, 그런 그들을 돌아보는 천풍은 정작 아무 일도 없었다는 듯 담담한 얼굴이다.

"그럼 이제 우리 얘기를 해 볼까요?"

*　　*　　*

천풍이 '그럼 이제 우리 얘기를 해 볼까요?' 라고 한 것은 정말로 이야기 좀 나눠 보자는 뜻이었다. 한데, 여산삼귀의 귀에는 '이제 네놈들 차례다!' 라고 들린 모양인지 얼굴이 사색이 되어서는 주춤 걸음을 물린다.

그리 담이 작은 자들이 아니건만, 마승 양기가 흔적도 없이 사라지는 것을 바로 눈앞에서 목격했기 때문인지 잔뜩 겁에 질린 모습이었다. 심지어 마화조차 겁먹은 눈으로 천풍을 살피고 있었다.

천풍이 급히 손을 내저었다.

"안심하십시오. 조금 전 일을 따질 생각은 없습니다."

마립이 미심쩍어하며 물었다.

"저희를 용서해 주시는 것입니까?"

"용서를 하고 말고 할 것도 없습니다. 그리 불쾌하기만 했던 기억도 아니고요."

그저 그들이 보여 준 깊은 우애가 보기 좋았다는 뜻이었는데 왜 마화가 끈적끈적한 눈빛을 보내오는 건지 모르겠다.

"흠흠. 그보다…… 하나 물어볼 것이 있습니다."

"저희가 아는 것이라면 무엇이든지……."

"어떻게 저를 아신 겁니까?"

"예? 무슨……"

"그러니까 제가 신마쾌도라는 것을 어떻게 아시고들 저를 납치까지 하신 건지를 묻는 겁니다. 조금 전 마승 양기라는 자도 그렇고. 소문에 떠도는 신마쾌도와 지금의 제 모습은 달라도 너무 다르지 않습니까?"

이들에게 납치된 것을 깨닫게 된 후로 줄곧 궁금했던 것이었다.

"그야……."

"……?"

"저기 저놈 때문에……."

마립이 가리킨 것은 풍천이었다. 풍천은 지금까지 벌어진 살벌한 상황들이 마치 다른 세상의 일인 양 풀숲 한편에서 꾸벅꾸벅 졸고 있었다.

"저 아이 때문이라니요?"

"그림이 워낙에 잘 그려져 있어서 말입니다."

이건 또 무슨 소린가?

"그림이라니요?"

"가만있자, 어디에 두었더라……."

천풍이 의아해하자 마립이 주섬주섬 품속을 뒤진다. 그러다 찾아 꺼낸 물건은 한 장의 말 그림이었다.

"여기 그려진 말과 저기 저놈, 어떻게 봐도 같은 놈이지 않습니까?"

마립의 말대로였다. 생긴 것은 물론이거니와 왼쪽 목덜미의

작은 얼룩까지도 완전히 판에 박은 듯 똑같았다. 그 어떤 화공을 데려다 놓아도 풍천을 이보다도 더 잘 그려낼 수는 없을 것 같았다. 그리고 거기에는 '신마쾌도가 타는 말' 이라는, 참으로 친절한 문구까지 들어가 있었다.

"이런 게 천지사방에 뿌려져 있으니 대협이 신마쾌도라는 것을 모르려야 모를 수가 없죠."

"이런 게 천지사방에 뿌려져 있단 말입니까?"

대체 누가 이런 짓을 했단 말인가? 무슨 이유로?

아니, 그보다 풍천의 생김새를 어떻게 이만큼이나 자세히 알고 있단 말인가?

풍천이 신마쾌도의 말임을 알고 있는 자라고 해 봐야 소림승들을 제외하고 고작 둘뿐이다.

소림승들이 이런 그림을 그려서 뿌렸을 리가 없다. 그렇다고 선불객잔의 점소이는 더더구나 아닐 것이다. 그에게 이만한 그림 재주가 있다고는 생각되지도 않거니와 이런 그림을 그려서 천풍을 곤란케 할 이유가 없다.

그랬다.

풍천의 생김을 이렇게 자세히 알고 있는 자들 중에 천풍을 곤란케 할 충분한 이유를 가지고 있는 자가 딱 하나 있었다.

'이 망할 놈의 사기꾼 같으니라고!'

스스로 하늘이라 칭했던 광오하기 그지없던 노인의 짓이 분명했다. 그라면 풍천의 생김을 천풍보다도 더 자세히 알고 있는 것은 물론이고, 또한 천풍을 곤란케 할 만한 충분한 이유도 가지고 있었다.

'네놈이 이놈을 타고 편히 길을 갈 수 있을 것 같으냐?'

그 말은 천풍을 걱정해서 한 말이 아니라 천풍이 풍천을 타고서는 편히 길을 갈 수 없게끔 해 주겠다는 경고였던 셈이다. 자신만만하게 풍천을 걸고 삼십만 냥짜리 내기를 한 것도 이 같은 꼼수를 계산하고 있었던 것이 틀림없었다.

'고작 그림 몇 장으로 삼십만 냥을 거저먹겠다?'

사기도 이 정도로 노골적이면 농락이고 놀림이다.

'사람을 무시해도 유분수지!'

절대로 노인의 뜻대로 되게 하진 않는다.

이렇게 된 이상 이건 이미 자존심이고 오기다.

'앞을 막는 자가 수백이든 수천이든, 그들을 모조리 죽이는 한이 있더라도 절대로 풍천을 돌려주는 일은 없어!'

이까지 빠드득 갈아붙이며 결심을 하는 천풍이다.

그러다 순간, 흠칫했다.

수백이든 수천이든 모조리 죽이겠다니?

너무도 무서운 생각을 너무도 아무렇지 않게 하고 있는 자신에게 또 한 번 놀랐다. 아무리 남양에서의 일 이후로 생명이 가볍게 느껴지기 시작했다지만, 그래서 실제로 사람을 죽이는 일을 간단히 할 수 있게도 되었다지만 이건 도를 넘었다.

노인에 대한 분노로 잠깐 흥분했던 것뿐이라고 치부해 버릴 수도 없는 것이 그 순간 그는 분명 진심이었다.

'이거 참…… 내가 잠시 미치기라도 한 건가?'

하긴 그런 생각을 했던 것을 보면 적어도 그 순간만큼은 제 정신이 아니었던 것이 분명했다.

'그래, 이게 다 그 노인네 때문이야. 뭐? 신마쾌도가 타는 말? 이런 짓을 해대는데 어떻게 온전한 정신을 유지하겠냐고!'

그림을 보고 있자니 다시금 속이 부글부글 끓어댄다.

부글부글 끓어대는 속을 애써 진정시키며 물었다.

"이런 게 얼마나 더 뿌려져 있습니까?"

"이 일대는 물론이고 마승 양기마저 온 걸 보면 산양(山陽)까지도 뿌려졌다고 봐야 할 겁니다."

"그럼 저를 노리는 자들이 앞으로도 계속 나타나겠군요?"

"굳이 녹림의 밥을 먹는 자가 아니더라도 장경각의 비급을 탐내지 않는 자가 세상에 어디 있겠습니까?"

역시 난감한 노릇이다.

'그렇다고 정말로 수백이든 수천이든 만나는 족족 죽일 수도 없는 일이고…….'

생각만 해도 피곤이 밀려들 지경이다.

그런 천풍의 마음을 읽었는지 마화가 물었다.

"어디 급히 가야 할 곳이라도 있으신가요?"

"급하게 가는 길은 아니지만…… 무한에 볼일이 좀 있습니다.”

순간, 누가 먼저랄 것도 없이 눈살을 찌푸리는 여산삼귀다.

“왜 그러시는지?”

“급한 일이 아니라면 무한에는 당분간 가지 않으시는 게 좋을 겁니다.”

“……?”

“도문의 총단이 무한에 있는 것은 아십니까?”

무한으로 가려는 이유가 도문이니 당연히 알고 있다.

“그럼 요즘 들어 도문이 상당히 위험한 지경에 처해 있는 것도 아시겠군요?”

“도문의 지부들이 몰살을 당한 일을 말씀하시는 거라면…… 예. 알고 있습니다.”

“며칠 전에는 남양 지부마저 참변을 피하지 못했습니다. 도문의 전력 중 삼 할이 집결되어 있었는데도 말입니다.”

그 일이라면 천풍보다 더 잘 아는 사람도 드물 것이다.

“굳이 강호에 떠도는 소문이 아니더라도 흉수의 다음 목표가 도문의 총단이 될 거라는 건 누구나 짐작할 수 있는 일일 겁니다.”

천풍 또한 그래서 도문으로 길을 잡은 것이었다.

“분위기가 너무 안 좋습니다. 도문의 모든 힘이 무한에 결집해 있지만, 그럼에도 과연 흉수를 물리칠 수 있을지 장담 못하는 상황입니다. 오히려 지극히 비관적이라는 게 무림의 중

론입니다. 오죽했으면 지금이라도 구대문파가 도문을 도와야 한다는 말이 다 나오겠습니까. 어쩌면 무림사세는 더 이상 무림사세가 아니게 될지도 모릅니다."

무림사세가 더 이상 무림사세가 아니게 될지도 모른다.

그것은 도문 스스로가 더 잘 알고 있었다. 그래서 더 예민하고 더 날카로워져 있었다.

아주 사소한 일로도 언제 어디서든 혈투가 벌어질 수 있을 만큼 일촉즉발의 긴장감에 휩싸여 있는 곳이 무한이었다.

"가능하면 무한에는 걸음을 하지 않는 것이 상책이라는 거지요. 더구나 무림의 모든 시선이 무한에 쏠려 있는 지금, 거기에 신마쾌도마저 나타난다면 과연 어떤 사태가 벌어질지 감히 짐작조차 할 수 없을 정도입니다."

들어보니 도문의 상황이 생각보다 더 심각한 모양이었다. 하지만 그러니 더 가야 했다. 오히려 마음만 더 급해졌다.

"무슨 일이 있더라도 가야만 하는 길인가요?"

천풍의 표정에서 이대로 물러설 뜻이 전혀 없어 보이자 마화가 그렇게 물었다.

천풍이 단호히 고개를 끄덕였다.

"그럼 방법은 하나뿐이네요."

"방법이라 하시면?"

천풍뿐만 아니라 마립과 마등도 궁금해하며 마화를 본다.

"무한으로 가지 않는 게 최선이지만 그리는 안 된다고 하니 대협이 신마쾌도라는 것만이라도 숨겨야 하지 않겠어요?"

그야 그렇다.

"그러나, 어떻게……? 이런 그림이 사방 천지에 깔렸는데……."

"그러니까 대협께서 타고 가실 말이 그림 속의 신마만 아니면 되잖아요."

"풍천을 버리기라도 하라는 말씀입니까? 그건 안 됩니다!"

삼십만 냥도 삼십만 냥이지만, 노인이 득의해 하는 꼴은 죽어도 보고 싶지가 않다.

한데, 마화의 뜻은 그게 아니었던 모양이다.

"제가 언제 신마를 버리라고 했나요? 그림 속의 신마만 아니면 된다고 했지."

"……?"

"다시 말해, 저기 저 녀석을 그림과 완전히 다르게 만들어 버리자는 거죠."

쉽게 풀어서 설명한다고 한 것이지만 천풍은 여전히 이해를 하지 못했다. 그런 천풍과는 달리 마립과 마등은 '옳다구나!' 하며 무릎을 쳤다.

"그래, 그런 간단한 방법이 있었네!"

"그러게. 공가 놈에게 맡겨 버리면 간단히 해결될 일인데 그걸 왜 생각 못 했는지……."

그들이 그럴수록 의문만 커지는 천풍이다.

"대체 무슨 말씀들이신지……?"

답답해하는 천풍의 질문을 마립이 받았다.

"저희와 오래도록 거래를 하고 있는 공가라는 장물아비 놈이 하나 있습니다. 장물아비이긴 하지만 장안에 포목점을 크게 하고 있는 장사치이기도 합니다. 그 공가 놈에겐 천하에 다시없을 재주 하나가 있는데 그게 바로 염색술입니다. 열 냥도 안 나가는 노호의 가죽을 삼백 냥짜리 백호 가죽으로 둔갑시켜 팔아먹을 정도로 실력은 최고입니다."

천풍은 그제야 그들의 말뜻을 알았다.

"설마…… 풍천을 염색하자는 말씀입니까?"

"저놈을 백마로 바꾸면 세상 누가 알아보겠습니까?"

처음에는 그저 황당한 제안으로밖에 들리지 않았다. 한데, 가만히 생각해 보니 안 될 건 또 뭐가 있을까 싶었다.

'풍천을 백마로 바꾼다?'

백마로 바뀐 풍천을 상상해 보니 절로 웃음이 났다.

거드름에 게으름에 시건방지기까지, 그동안 어지간히도 주인 말을 안 들어 처먹던 놈이다. 이왕지사 이렇게 된 거 내심 '이 기회에 골탕이나 먹어 봐라' 하는 그런 치기 어린 마음도 있었다.

그리해 천풍은 흔쾌히 그들의 제안을 받아들였다.

제5장

세상에서 가장 우아한(?) 백마

천극의 서

천풍은 여산삼귀의 안내를 받아 최대한 사람들의 눈에 띄지 않는 길을 택해 장안으로 향했다.

마립과 마등이 앞장을 섰고 천풍과 마화가 나란히 그 뒤를 따랐다. 그렇게 동행을 하는 동안 마화를 통해서 여산삼귀에 대해 알게 된 것 몇 가지가 있었다. 그중에 천풍을 가장 놀라게 한 것은 서로를 위해 목숨마저도 아끼지 않던 그들이 실은 친혈육 간이 아니라는 사실이었다.

부모가 다른 것은 물론이거니와 태어난 곳도, 자란 곳도 모두 제각각이었다.

녹림도당이라고 하기에는 지나치게 진중한 느낌이다 했더

니, 아니나 다를까 마립은 명색이 명문 무가의 제자였다. 마등은 마황성에서 무공을 배웠다고 하고 마화는 기녀들로만 이루어진 정보 상단 흑루(黑樓) 출신이라고 했다.

달라도 너무 다른 그들이었다. 지금처럼 형제의 의를 맺은 지가 팔 년이나 되었다고 하는데, 어디 하나 공통점을 찾기가 어려운 그들이 어떻게 해서 형제의 의를 맺게 되었는지, 그리고 왜 각자의 출신을 버리고 녹림의 길을 가게 되었는지 그 연유에 대해서는 들을 수 없었다.

그런 지극히 개인적인 것까지 허물없이 주고받을 만큼 가까운 사이도 아니거니와 지난 사연들이 아무래도 터놓고 말할 수 있는 것들은 아닌 것 같았다.

"한데, 이렇게까지 저를 도와주는 이유가 뭡니까?"

"그야 마승 양기처럼은 되고 싶지가 않으니까요."

앞장서서 길을 안내하고 있는 마립, 마등과는 달리 장안으로 가는 내내 불편할 만큼 천풍의 옆에 바짝 붙어 있는 마화가 여전히 끈적끈적한 시선을 보내며 그리 대답했다.

마승 양기처럼은 되고 싶지 않다.

천풍이 무섭다는 뜻이다.

"약한 자가 보다 강한 자에게 복종하는 거야 당연한 일 아닌가요?"

특히나 강자존의 철칙에 더없이 잘 길들어 있는 녹림도라면 더욱 그러했다.

하지만 저 끈적끈적한 시선 어디에 두려움이 있다는 건지 모르겠다. 그러고 보면 마승 양기를 죽이고 나서부터 자신을 보는 마화의 시선이 보다 더 촉촉해지고 농염해진 느낌이다.

"게다가 우리는 목숨 빚까지 졌잖아요. 우리 여산삼귀는 목숨의 빚을 지고도 모른 척할 만큼 배은망덕한 망종들이 아니에요. 물론 신마쾌도를 돕는 데 작은 사심도 없다면 그건 거짓말이겠죠."

"사심이라면……?"

"신마쾌도에게 잘 보이면, 어쩌면 비급 한두 권쯤은 얻을 수 있을지도 모르잖아요."

마화가 한쪽 눈을 찡긋하며 입가에 교태로운 미소를 떠올린다.

'장경각의 비급 같은 건 가지고 있지 않다고 분명히 말했건만…….'

소문은 믿으면서 정작 당사자의 말은 안 믿는다.

역시 욕심이라는 놈은 보고 싶은 것만 보게 하고 듣고 싶은 것만 듣게 하는가 보다.

천풍이 씁쓸히 입맛을 다시자 마화가 덧붙였다.

"그치만 저는 오라버니들과 달라요."

"……?"

"제가 대협을 돕는 것은……."

슬쩍 말꼬리를 흐리고는 천풍에게 바짝 달라붙는다. 그리고 귀에 속삭이듯 나직하게 흐렸던 말꼬리를 이었다.

"그건 제가 대협을 사랑하게 되었기 때문이에요."

"예에?"

생각지도 못했던 갑작스러운 고백에 천풍이 놀란 눈으로 마화를 보았다.

마화는 수줍은 듯 얼굴을 붉히고 있었다. 하지만 수줍은 듯 붉힌 얼굴과는 달리 밀착해 오는 가슴은 그 어느 때보다도 노골적이었다.

이어서 다시 속삭이듯 하는 말 또한 수줍은 고백과는 사뭇 다른 것이었다.

"어때요? 그 약조, 아직도 유효한데 생각 있나요?"

"약조라시면…… 아!"

바로 생각이 났다.

'이 누이의 가슴을 생각하는 공자의 마음을 봐서 다음에 다시 만나게 되면 마음껏 주무를 수 있도록 허락해 드리죠. 딱 하루만!'

생각이 나자 절로 그녀의 가슴으로 눈이 간다.

"대협만 원하신다면 하루가 아니라 평생이라도 소녀는 좋답니다. 호호."

이젠 아예 껴안다시피 하며 밀착해 온다. 말을 타고 있는 상태만 아니었다면 이미 덮쳤을지도 모를 만큼 과도하게 적극적인 공세에 천풍이 진땀을 뺐다.

"아니, 저는 그런 약조 같은 건 한 적이 없습니다."

간신히 떼어 놓으면 금세 들러붙고 다시 떼어 놓으면 그보다 더 강하게 엉겨 붙는다.

'이건 무슨 문어도 아니고…….'

마치 온몸에 빨판이라도 달려 있는 것 같다.

도저히 안 되겠다 싶어 아예 그녀가 옆에 서지 못하도록 풍천을 재촉해 마립과 마등 사이로 끼어들어도 보았지만,

"호호호. 천하의 신마쾌도가 너무 귀여우신 거 아니에요?"

간드러지게 웃어 보이고는 이내 마등을 밀어내고 천풍의 옆자리를 차지하고야 만다.

아리따운 여인이다. 그것도 육감적이기까지 한데 어찌 마냥 싫기만 하랴.

더는 신경을 쓰지 않으려 귀를 닫고 마음을 닫으려 했지만, 그도 어쩔 수 없는 사내인지라 그러면 그럴수록 체향도 분향도 목소리도 더 강하게 오감을 자극한다.

'나무아미타불 관세음보살.'

아마도 부처님은 이럴 때 찾는 것이 아닐까 싶다.

어쨌거나 그렇게 해서 도착한 곳은 금사원(錦絲院)이라는 곳이었다.

장물아비가 한다는 포목점이라기에 어디 외진 곳에 위치한 소규모 점포쯤으로 생각했는데 의외로 장안의 가장 중심부에

자리해 있었고 규모도 상당히 컸다.

게다가 정말로 의외인 것은 공자추(孔諮諏)라는 장물아비였다. 마흔 중후반의 나이에 정갈한 백의를 걸쳤는데 생김도 그렇지만 풍기는 풍모도 장물아비의 것이라고 하기에는 너무 선량해 보였다.

'아무리 인상 험한 사기꾼은 없는 법이라지만…….'

남한테 해코지 한 번 하지 않았을 것 같은 얼굴이다. 열 냥짜리 호피를 삼백 냥짜리 백호피로 속여 팔 만큼 독해 보이지도 간이 커 보이지도 않았다.

'하긴, 삼십만 냥을 덤터기 씌우려 했던 그 노인네도 나쁜 인상은 아니었지.'

그나저나 공자추라는 자와 여산삼귀가 평소 그다지 친하지는 않았나 보다.

"또 무슨 일들인가?"

여산삼귀를 보자마자 그 좋던 인상을 대번에 구기고는 귀찮다는 듯 물어 왔다.

마립의 태도도 그다지 살갑지는 않았다.

"한두 해 거래한 사이도 아닌데 단골 고객한테 태도가 뭐 그따윈가?"

"단골 고객 같은 소리 하고 있네. 언제 한 번 제대로 된 물건이나 가져오고나 그런 소릴 하든가. 삼 년 내내 가져온다는 게 죄다 푼돈 거리뿐이면서 무슨……."

"제대로 된 물건 가져오면 제대로 값을 쳐주기나 하고?"

"이거 왜 이러나? 이 바닥에서 신용 하나로 이십 년을 버텨 온 몸일세. 도적놈들 주제에 사람은 죽이지 않는다느니 가난한 자들 것은 탐하지 않는다느니 하면서 되도 않게 의적 흉내나 내는 자네들과는 직업 정신 자체가 다르다 이 말씀이네."

"장물로 사기 치고 사기 친 돈으로 장사하는 주제에 직업 정신이라니, 지나가던 개가 웃을 일이로군."

처음엔 그다지 친해 보이지 않았는데 티격태격 던져대는 대화를 듣다 보니 오히려 더없이 허물없는 사이처럼 느껴졌다.

"저래 보여도 큰 오라버니와는 죽마고우래요."

아니나 다를까 친구 사이였다.

'도적과 장물아비가 죽마고우라…….'

질긴 인연이라 해야 할지 질긴 우정이라 해야 할지 모르겠다.

"아아, 자네와는 말을 섞어 봐야 내 입만 더러워지니 긴말할 것 없고, 날 찾아온 용건이나 어서 말하게. 되도록이면 간단하게. 가뜩이나 염가상단이다 천절문이다 하는 것들 때문에 아주 골머리가 깨질 지경이니까."

미간을 잔뜩 찡그린 채 정말로 골머리가 깨질 지경이라는 듯 엄지로 관자놀이를 문질러댄다.

'염가상단? 천절문?'

그 낯익은 이름들에 관심이 가는 거야 당연했다.

의아해하는 천풍이야 어떻든 마립은 이곳에 온 목적에 충실했다.

"여기서 나눌 얘기는 아니니까 어디 조용한 곳으로 안내나 하게."

"꼴같잖게 있는 척은…… 내 집 문턱을 넘기 전에 여기 있는 이 젊은 공자분이 누구신지부터 말해 주는 게 순서 아닌가?"

"그것도 여기서 나눌 얘기는 아니네."

"호오! 진짜 뭐가 있긴 있나 보군. 좋아. 대체 뭘 믿고 그리 거창하게 구는 건지 궁금하니까 일단 들여는 보내 주겠네만, 그러나 만일 이게 다 허풍이면 자네 볼기짝은 절대 무사치 못할 것이니 각오해 두는 게 좋을 걸세."

*　　*　　*

공자추가 안내한 조용한 곳은 사방이 훤히 트인 공터였다. 사방이 트여 있어 비밀스러운 이야기를 나누기에는 밀실 같은 곳보다 오히려 더 안전할 것도 같았다.

"그러니까 이 젊은 양반이 그 소문의 신마쾌도고 저기 저 검고 볼품없는 말이 신마쾌도가 타는 신마란 말이지? 그리고 여기까지 날 찾아온 건 신마의 털 색을 바꿔 달라는 거고?"

마립의 설명을 들은 공자추가 어이없어한다.

"나랑 장난하자는 거지? 아니면 농담 따먹기?"

어이없어할 뿐만 아니라 믿지도 않는다.

"사기를 치려면 좀 그럴싸한 자를 섭외할 것이지, 아직 머리에 피도 안 마른 애송이에 석 달 열흘은 굶은 것 같은 망아지는 너무 성의 없다고 생각하지 않나?"

"공 오라버니는 벽서도 못 보셨어요?"

"벽서? 무슨 벽서?"

"세상만사 통달한 듯이 잘난 척하더니만 이건 뭐 눈뜬장님이 따로 없구먼."

"대체 무슨 말들이야?"

공자추가 금시초문이라는 눈으로 마화와 마립을 번갈아 본다.

마립이 천풍에게 보였던 그림을 공자추에게도 보여 주었다.

"이 그림…… 진짜냐?"

"진짜인지 가짜인지는 수하를 시켜서 지금이라도 확인해 보면 될 거 아니에요? 이 그림이라면 사방천지에 깔려 있으니까. 더구나 염색만 해 주면 사례야 충분히 치르겠다는데 공 오라버니에게 사기를 치고 말고 할 게 어디 있어요?"

"끄응…… 그럼 정말 신마쾌도가 여기 이 머리에 피도 안 마른, 아니, 젊은 무사 분이란 말인가?"

그제야 반신반의하던 마음이 기울어지는 모양인지 새삼스러운 눈으로 천풍과 풍천을 살핀다.

"쯧쯧, 명색이 장사꾼이라는 사람이 정보가 그리 어두워서야 무슨 돈을 번다고……."

"염가상단인지 천절문인지 하는 놈들 때문에 가게가 망하네 마네 하고 있는 지경이라 요즘 다른 일에 신경 쓸 겨를이 없었다니까 그러네."

다시 염가상단과 천절문의 이름이 나왔다.

그 이름을 두 번이나 듣고 보니 더는 가만히 있을 수가 없었다.

"이곳 금사원이 왜 염가상단과 천절문 때문에 문을 닫을 지경이라는 말씀이십니까?"

천풍의 질문에 공자추가 말도 말라는 듯 손을 내젓는다.

"이곳 섬서 땅은 서안상단의 영역입니다. 우리 금사원 역시 서안상단에 소속이 되어 있지요. 한데 얼마 전부터 염가상단에서 상권을 노리고 섬서로 밀고 들어오기 시작한 것입니다."

마립이 놀라 하며 물었다.

"그럼 서안상단과 염가상단 간에 전쟁이라도 벌어지고 있다는 말인가?"

"전쟁이랄 것도 없어. 일방적인 약탈이지."

"그럴 리가 있나? 서안상단이면 중원 삼 대 상단 중 하나인데 어찌 중소상단이라 할 수 있는 염가상단에 일방적으로 당한단 말인가?"

"서안상단의 뒷배를 봐주던 게 어딘가? 도문 아닌가? 서안

상단이 중원 삼 대 상단이 될 수 있었던 것도 도문이라는 든든한 배경이 있었기 때문이고. 한데, 자네도 알다시피 도문의 사정이 말이 아니지 않은가? 도문의 서안 지부가 박살이 난 것도 박살이 난 거지만, 도문이라는 이름 자체가 사라지네 마네 하고 있는 실정인데 서안상단의 일 같은 게 신경이나 쓰이겠는가 말일세. 염가상단이 서안상단을 택한 것도 바로 그러한 점 때문이겠지."

"하면 염가상단에서 도문이 위급에 처한 틈을 타 세를 불리려 하고 있단 말씀입니까?"

추도향으로 인해 도문의 일이 남 일 같지 않은 것도 있지만, 한쪽에서 수백 수천 명이 죽어 나가는데 그것을 이용해 이득을 취하려 한다는 게 선뜻 납득이 되지 않았다. 더구나 그가 아는 염장은 그렇게 무도한 사람도 악독한 사람도 아니었다.

하지만 공자추는 대수로울 것도 없다는 듯 말했다.

"무인의 칼보다도 무서운 게 이득을 좇는 상인들의 탐욕입니다. 약점을 물어뜯는 게 잘못이 아니라 약점을 보인 게 잘못인 것이 이 바닥 장사치들의 생리고요. 다만 아무리 더럽고 더러운 것이 장사치들의 생리라고는 하나 상인에게는 엄연히 상도의가 있고, 돈으로는 싸워도 칼로는 싸우지 않는 것이 상인들 간 상도의의 기본인 것인데, 그들은 지나치게 노골적으로 무력을 앞세우니 그게 문제지요."

마립이 이해가 안 된다는 얼굴로 물었다.

"노골적으로 무력을 앞세우다니? 그건 또 무슨 소린가?"

"오늘 아침에 장안 일대 소상인들의 회합이 있었네. 그 회합을 요청한 것이 염가상단이었고. 한데, 그 회합에 누가 왔는지 아는가? 천절문 구호법 중 첫 번째 자리에 있는 추혼검 장치성이 왔다 이 말이네."

"추혼검 장치성이라면…… 천무구룡 말인가? 소상인들의 회합에 천무구룡이 왜?"

"왜긴 왜겠나? 위협용이지. 염가상단의 부단주 조충이 우리더러 뭐라 했는지 아는가? 당장 서안상단에서 탈퇴하고 염가상단에 들라는 거였네. 뭐, 상인이라는 게 본시 의(義)보다는 이(利)에 따라 움직이기 마련이고 나무가 썩어 잎을 내지 못하면 다른 그늘을 찾는 것이 당연한 이치이니 그야 그렇다 치지만, 염가상단에 드는 조건으로 기존에 서안상단에 내던 세금의 세 배를 내라 하니 이보다 더 미치고 환장할 노릇이 또 어디 있겠나? 이거 원, 나라에 내는 세금만 해도 등골이 휘어지는데 상단에 내는 세금은 그보다 더하니……."

"뭐? 세금의 세 배? 이건 숫제 칼만 안 들었지 완전 날강도로구만."

"칼만 안 든 게 아니라 칼까지 든 거지. 저기 길 건너 유기장이 장가 놈이 따지고 들었다가 심하게 매질까지 당했으니까."

"허허 참! 상인이 아니라 뒷골목 주먹패로구만!"

"지금 천절문의 위세가 그런 것을 어쩌겠는가. 무려 오만일세. 문도 수 오만이면 무림사세를 다 합친 것보다도 훨씬 많은 인원인 데다, 지금 이 순간에도 그 수가 급격히 불어나고 있는 실정이네. 오죽하면 천절문을 가리켜 무림오세라고까지 부르겠는가. 그런 그들을 감히 누가 건들겠나? 기껏해야 구대문파 정도는 되어야 말발이 통할 텐데 구대문파에서 고작 상인들 일에 나서 줄 리는 만무한 일이지. 하긴, 염가상단 입장에서도 상도의를 따질 겨를이 없을 거야. 그 오만 명을 다 먹여 살리려면 등골이 휘다 못해 으스러질 지경일 테니 말이야."

들으면 들을수록 믿기지 않는 말들뿐이다.

염장, 조충, 그리고 추혼검 장치성까지…… 모두가 안면이 있는 사람들이다. 그리고 그 이야기 속 폭군과는 도무지 거리가 먼 사람들이었다. 적어도 그의 기억에는 그랬다.

아무리 권력이라는 마귀에 씌면 사람이 달라진다고 하지만 고작 몇 달 만에 그렇게도 변할 수가 있는 것일까? 아니면, 자신이 처음부터 그들을 잘못 보았던 것일까?

"어쨌든 덕분에 애꿎은 천하오절만 괜한 욕을 먹고 있지. 내가 무엇보다 짜증 나는 건 옥면신룡 그 작자야. 스승이 욕을 들어 처먹고 있는데 명색이 문주라는 자가 집안 단속은 안 하고 대체 뭘 하고 싸돌아 다니냐 이 말일세. 얼마 전에는 무당파에 나타나서 한바탕 휘저어 놓고 사라졌다더니만……."

초점이 천하오절과 옥면신룡에게 맞춰지자 입맛이 쓴 천풍이다. 성인군자가 아닌 다음에야 억울한 비난이 달가울 리가 없다.

'난 분명히 문파를 세우는 일에는 참여하지 않겠다고 했는데…….'

자기 마음대로 천풍을 천절문의 명단에 올린 염장이 새삼 원망스럽다. 그렇게 마음대로 이름을 올렸으면 최소한 이런 욕은 먹지 않게 해야 하는 것 아닌가 말이다.

"어쨌거나 혹시라도 다음에 여길 찾아왔을 때 이 금사원이 사라지고 없으면 내가 이 꼴 저 꼴 다 보기 싫어서 머리 깎고 절에 들어간 거라고 생각들 하게나."

* * *

염색은 나흘이 걸린다고 했다.

호피라면 하루 반나절이면 충분하지만 아무래도 검은 털을 흰색으로 바꾸자면 염색만 일곱 번은 해야 하기 때문에 시일이 좀 더 걸린다는 설명이었다.

덕분에 금사원에서 나흘을 더 머물게 된 천풍이다.

금사원에 머무는 내내 마음이 좋지 못했다. 염가상단과 천절문의 일이 자꾸만 뇌리에 남았다. 자신과는 상관없는 일이라 무시해 보려 했지만, 일말의 책임감이 어쩔 수 없이 마음을 무겁게 했다.

게다가 도문에 대한, 추도향에 대한 걱정으로 조급하기까지 하니 금사원에서의 나흘이 그야말로 바늘방석에 다름 아니었다.

한데, 그렇게 불편한 시간이 지나고 드디어 나흘째 되는 날, 모처럼 큰 소리로 웃는 일이 생겼다.

"푸하하하하하!"

천풍을 배꼽이 빠져라 웃게 한 것은 풍천이었다.

공자추가 호언장담했던 대로 풍천은 완벽하게 백마로 탈바꿈해 있었다.

한데, 안 어울렸다. 적어도 백마라 하면 우아함의 상징인데 우아한 구석이라고는 눈을 씻고 찾아봐도 도무지 보이지가 않는다. 오히려 검었을 때보다 더 없어 보였다. 비루먹은 정도가 아니라 이젠 아예 병색이 완연한 것처럼 느껴질 지경이었다.

뭐랄까…… 유쾌 상쾌 통쾌?

풍천도 풍천이지만 과연 지금의 풍천을 노인이 보면 어떤 표정을 하게 될지 생각하니 십 년 묵은 체증이 다 내려갈 정도로 속이 시원했다. 하나 아쉬운 것이 있다면 풍천이 자신의 모습을 보지 못한다는 것이었다.

'가만있자…… 가는 길에 어디 물 맑은 호수 같은 게 없나?'

당장 생각나는 것은 좀 멀긴 하지만 무한 인근의 동호(東湖)뿐이다.

"크크크크."

풍천이 자신의 모습을 보고 놀랄 것을 생각하니 도무지 웃음을 참기가 힘들다. 적어도 그 순간만큼은 지난 근심 걱정들이 언제 그랬냐 싶게 말끔히 사라지고 없었다.

기분이 좋았다.

공자추가 처음 은자 백 냥을 요구했을 때는 터무니없는 바가지라고 생각했었다. 하지만 달리 방법이 없는지라 울며 겨자 먹기 식으로 승낙을 한 것인데, 막상 백마가 된 풍천의 우스꽝스러운 모습을 보니 너무도 흡족한 나머지 백 냥에 다시 백 냥을 더 얹어 주기까지 했다.

그렇게 기분 좋게 무한으로 출발을 하려는데, 어쩐 일인지 여산삼귀마저 떠날 채비를 한다. 차려입은 행색이나 태도들을 보니 단순히 배웅이나 하려고 그러는 것 같지가 않았다. 심지어 그런 그들을 보며 의아해하고 있는 천풍을 재촉까지 한다.

"무한까지는 길이 멀어요. 서둘지 않고 뭐 해요?"

마화의 재촉에 천풍이 물었다.

"무한까지 같이 가시겠다는 겁니까?"

"그럼 그 먼 길을 혼자 어떻게 보내요? 길도 잘 모르신다면서요?"

"그야 그렇지만…… 여기까지 도와주신 것만으로도 충분히 감사한데 어찌 또 폐를 끼치겠습니까?"

"생명의 은인이신데 폐는 무슨 폐예요. 아니면, 우리가 거추장스러워서 그러세요?"

"아니, 그럴 리가요……."

솔직히 말하면 거추장스럽다.

그가 지금 가고자 하는 곳은 무림사세의 하나인 도문이다. 그리고 도문은 추도향과의 얕은 인연을 제외하고는 아무런 연고도 없다.

혼자서 방문하기에도 적잖이 부담되는 길인데, 제대로 된 일행도 아니고 도적패들을 달고 가는 것이 꺼려지는 거야 당연했다. 그래서 노골적이다 싶을 만큼 곤란하고 싫은 기색도 보였지만 전혀 물러설 기미를 보이지 않는다.

그리 눈치 없는 자들이 아니었다. 그럼에도 이렇듯 눈치 없이 행동하는 것은 다분히 고의적이라고 밖에는 설명할 길이 없었다.

알면서도 모른 척 고집을 부리고 있다.

'아직도 내게서 장경각의 비급을 얻을 수 있을 거라 생각하는 건가?'

만일 그렇다면 참 미련스럽게도 헛다리를 짚고 있음이다.

자신은 장경각의 비급을 훔치지 않았음을 어제도 분명히 말했었다. 그럼에도 이러는 것을 보면 기대도 욕심도 불신도 참 질기게들 포기 못 하는 사람들이다.

결국 포기는 천풍이 했다.

마음만 먹으면 그들을 떼어내는 것쯤은 일도 아니겠지만,

적잖이 도움도 받은 마당에 차마 그렇게 모질게는 할 수 없었다. 그래서 그냥 도문에 조금 더 민폐를 끼치는 쪽으로 결정을 했다.

'하긴 강호 경험이 일천한 내겐 이들만큼 든든한 길 안내자도 없을 테지.'

길 안내도 길 안내지만 밑바닥에서 굴러먹던 그들의 경험은 분명 도움이 될 터였다. 적어도 미혼향에 당해서 납치되거나 가짜 교룡삭에 묶이거나 하는 변은 막을 수 있지 않을까?

그리 마음을 편히 먹고는 여산삼귀와 함께 무한으로의 여정길에 올랐다.

제 6 장

하늘 위 하늘 아래 홀로 우뚝한 자

천극의 서

풍천을 염색한 것은 정말 탁월한 선택이었던 모양이다. 무한으로 가는 내내 어떠한 위협이나 방해도 받지 않았다. 섬서의 모든 녹림도들이 천풍을 노리고 있다는 말이 거짓말처럼 느껴질 정도로 편안하고 조용한 여정이었다.

여산삼귀와 동행한 것도 그 편안하고 조용한 여정에 일조를 했다. 신마쾌도가 여산삼귀 같은 자들과 동행을 할 리가 없다는 생각이 일말의 의심마저도 지우게 한 것이었다.

한데, 무한에 이르자 확실히 그때까지와는 분위기가 사뭇 달랐다.

곳곳에 허리에 칼을 찬 무인들이 눈을 날카롭게 빛내고 있는가 하면 거리의 좌판상들조차 낯선 외지인에 대한 경계와 긴장으로 신경을 곤두세웠다.

"오늘은 여기서 묵어야겠습니다."

도문까지는 이제 반나절 길이라 했다.

무한 땅에 감도는 묵직한 긴장감에 마음이 조급했다. 생각 같아서는 한달음에 달려가고 싶었지만 참았다. 여산삼귀에게 괜한 피해를 끼치는 것도 싫었고, 아무리 서둘러 봐야 새벽녘에나 당도할 텐데 그 또한 도문에 대한 예의가 아니었기 때문이다.

그래서 마립의 의견대로 오늘은 이 근처에서 잠시 쉬어 가기로 하고 묵을 곳을 찾았다.

한데, 그렇게 묵을 곳을 찾던 중에 반가운 이름 하나가 천풍의 시야에 들어왔다.

황학루(黃鶴樓).

소주에서 묵었던 황학루와 같은 이름의 기루였다.

하지만 소주의 황학루와는 엄연히 다른 곳이었다. 주향보다 분향이 더 짙고 사내의 목소리보다 기녀의 웃음소리가 더 크게 들려온다.

기루와 주루의 차이가 아니더라도, 소주의 황학루는 외형이 그다지 화려하지 않았었던 것에 반해 이 층 구조로 되어 있는 황학루는 이미 그 규모로 사람들을 압도할 만큼 으리으리했다.

황학루를 보고 있자니 잊고 있던 얼굴 하나가 떠올랐다.

'잘 계시려나?'

몽중화 취옥선.

그래도 천풍에겐 첫 순정의 대상이었건만 참 까마득히도 잊고 있었다.

"왜 그러시는지?"

천풍이 황학루를 보며 망연히 감상에 젖어 있자 마립이 의아해하며 물었다.

"아니, 여기도 황학루가 있구나 싶어서……."

"여기도라고 하시면?"

"일전에 소주에 간 적이 있었는데 그때 묵었던 주루 이름도 황학루였습니다."

"아! 소주의 황학루 말씀이십니까?"

여자 얘기 말고는 그동안 대화에 잘 섞이지 않던 마등이 웬일로 끼어들었다.

"아십니까?"

"알다 뿐이겠습니까? 무림인치고 소주의 황학루를 모르는 사람이 어디 있겠습니까? 한데, 정말 그곳의 루주가 그렇게나 예쁩니까? 가히 천하제일미라 해도 손색이 없을 정도라 하던데?"

눈까지 빛내며 천풍을 본다.

웬일로 관심을 가지나 했다. 결국 관심은 취옥선이었다. 하긴, 사내가 취옥선에 대해 관심을 보이지 않는다면 그게 더 이상한 일일 것이다.

"소문만큼 아름다운 분이셨습니다. 사람 세상에 사는 분처럼 보이지 않았습니다."

천풍의 말에 마등은 물론이고 마립도 호기심을 보인다. 그런 그들과는 조금 다른 쪽으로 호기심을 보이는 마화다.

"그럼 저랑 비교하면 어때요?"

"예?"

"저랑 비교하면 어떠냐구요. 저도 미모라면 어디도 빠지지 않을 만큼 한 미모 하잖아요?"

한번 평가를 해 보라는 듯 척하니 허리에 손까지 올리고는 도발적인 자세를 취한다.

천풍이 뭐라 대답할 말을 찾지 못하고 곤란해하는데 마등이 그런 천풍의 심정을 정확히 대변해 주었다.

"그걸 말이라고 해? 비교 대상이 아니잖아, 비교 대상이!"

마등의 말대로 비교 대상이 아니었다.

'루주와 비교를 한다면 추 소저 정도나…….'

생각이 추도향에게 이르자 취옥선에 대한 상념은 금방 지워졌다. 참 신기하게도 상냥하고 나긋했던 취옥선의 목소리보다 가시가 박혀 아프게 톡톡 쏘아대던 추도향의 목소리가 그립다. 솜이불처럼 따뜻했던 취옥선의 눈빛보다 칼날처럼 날카롭던 추도향의 눈빛이 더 보고 싶다.

'날 없는 검에 날을 채웠으니 약조대로 한판 붙자고 하면 어쩌나……?'

곤란타기보다는 오히려 즐겁다. 다른 것보다 추도향을 다시 본다는 것 자체만으로도 마음이 들뜬다.

그런 기분이 고스란히 얼굴에 떠오른 모양이다. 그리고 그것을 취옥선 때문으로 오해한 마화가 발끈하고 나섰다.

"흥! 아무리 그래도 가슴으로는 날 이기지 못할걸요? 천하제일미가 그녀일지는 모르지만 천하제일가슴은 바로 이 몸이니까. 여자는 모름지기 가슴이죠. 오호호호!"

나름 도도하게 웃어 보이지만 그 웃음소리가 왠지 처량하게 느껴지는 것은 왜일까?

순간 싸늘해지는 분위기를 마립이 급히 추슬렀다.

"아무튼 소주의 황학루라면 어지간한 명패로는 문턱도 밟지 못하는 곳인데, 역시 대협께는 그 높은 문턱도 소용이 없나 봅니다. 그러나, 황학루라는 이름만 놓고 따지면 그곳도 그저 이름을 빌린 것일 뿐 원조라고는 할 수 없습니다. 원조는 뭐니 뭐니 해도 이곳 무한이죠."

"그럼 여기 이 황학루가 원조라는 말씀입니까?"

"아닙니다. 여기서 조금 더 가면 황구산이라는 곳이 있는데 그곳에 있는 황학루가 진정한 황학루라 할 수 있습니다. 삼국시대 때 오나라에서 전쟁을 위해 세운 누각이라 하는데, 여기 이곳과는 비교도 안 될 만큼 어마어마하게 크고 높습니다. 누각이라기보다는 차라리 성이라 해야 맞을 정도로…… 3층 망루에서 보면 장강 너머 강서 땅이 한눈에 다 들어온다고 하니 오죽하겠습니까. 호북성에만 해도 황학루라는 이름의 기루나 주루만 열은 충분히 넘는데 그 모두가 그곳의 이름을 따서 쓰는 것일 뿐이죠. 여기 이곳도 물론 그중 하나고. 언제 한번 시간이 나면 구경해 보시겠습니까?"

마립의 제안에 천풍이 고개를 끄덕였다.

'이곳만 해도 상당한 규모인데 이곳과는 비교도 안 될 만큼 크고 어마어마하다라…….'

잘 상상이 안 된다. 그렇게 무심결에 눈앞의 황학루를 올려다보는데, 마침 이 층 창가 식탁에 앉아 아래를 내려다보던 노인 하나와 눈이 마주쳤다.

"……?"

별다른 기색 없이 이내 돌려지는 노인의 시선과는 달리 천풍은 노인에게서 시선을 돌릴 수가 없었다.

'어디서 본 것 같은데…….'

낯이 익다.

아니, 순간 낯이 익다고 생각했지만 다시 생각해 보니 생김도 그렇고 눈매도 그렇고 낯익은 얼굴이 아니다. 곰곰이 기억을 더듬어 봐도 역시 본 적이 없는 얼굴이다.

'한데 왜 이렇게 익숙한 느낌인 거지?'

이렇다 할 기색 없이 시선을 돌린 노인의 반응만 보아도 안면 있는 사이가 아닌 게 분명한데 말이다.

"왜? 아는 분이십니까?"

"아, 아닙니다. 그냥 좀 눈길이 가서……."

"하긴, 묘하게 섬뜩한 느낌이 나는 노인입니다."

섬뜩함까지는 아닐지라도 뭐라 설명할 수 없는 묘한 분위기를 풍기는 것만은 사실이었다. 천풍의 눈에도 평범한 노인으로는 보이지 않았다.

하지만 천풍과 달리 마립은 대수롭지 않게 여겼다. 도문에 가까워질수록 오히려 평범한 사람을 찾아보기가 힘들 지경이었다. 그만큼 무한 땅은 살얼음판 같은 분위기에 휩싸여 있었다.

"정말 도문에는 무슨 일로 가시는 거예요? 시기가 안 좋아도 너무 안 좋잖아요?"

마화가 아무래도 꺼림칙한지 새삼 투정을 부린다.

사실 금사원을 나설 때의 기세등등함은 이미 사라지고 없었다. 기세등등은커녕 마지못한 걸음이 된 지 오래였다. 지금이야 그래도 체념도 하고 적응도 한 상태라 많이 나아진 거지만, 천풍의 목적지가 도문임을 처음 알게 되었을 때는 그야말로 도살장에 끌려가는 소나 진배없는 표정들이었다.

그도 그럴 것이 언제 혈겁이 벌어질지 알 수 없는 살벌한 시기이기도 한 데다 도문이라는 이름은, 그 장벽은 여산삼귀가 감히 범접할 수 없을 만큼 높디높았기 때문이다.

어쨌거나 마화가 그렇게 운을 떼자 궁금하긴 마립도 마찬가지였던 참이라 천풍에게 조심스레 물었다.

"누구를 만나러 가시는 길이라 하셨는데, 대협께서 만나고자 하는 분이 어떤 분이십니까?"

도문을 코앞에 둔 시점이다. 여기서 뭘 더 숨기겠는가.

"추도향이라는 소저인데……."

"추도향이라면…… 신주오기의 일기도향 말씀이십니까?"

평범한 이름이 나오지는 않을 거라고 짐작은 했지만 그게 일기도향 추도향일 줄은 미처 생각 못 했는지 마립이 놀란 눈을 동그랗게 떴다.

여자의 이름이 화제에 오르자 마등이 어김없이 끼어들었다.

"일기도향과도 친분이 있으십니까? 듣기로 일기도향의 미모가 가히 경국지색이라고까지 하던데…… 사실입니까?"

어김없이 마화도 한마디를 던진다.

"흥! 여기저기 아주 염문을 뿌리고 다니시는군. 생긴 건 얌전하게 생겨서는 천하에 바람둥이가 따로 없네."

그렇게 부러움과 질시로 얼룩진 따가운 시선들을 한 몸에 받는 중에도 천풍의 생각은 다른 곳에 가 있었다.

이젠 시야에서도 더 이상 보이지 않게 되었건만 노인에 대한 생각이 뇌리에서 지워지지 않는다. 그것은 숙소를 정한 후에도 마찬가지였다. 저녁을 먹는 중에도, 잠자리에 들어서도 노인에 대한 생각은 떨쳐지지 않았다.

마치 목에 가시라도 걸린 것마냥…… 불편하고 신경에 거슬리는…… 그러다 마침내 그 이유를 알았다.

"아!"

닮았다.

"그래. 그자와 닮았어."

역시 낯이 익다 생각한 것은 착각이었다. 낯이 익은 것이 아니었다. 그저 아는 자와 닮았던 것뿐이었다.

생김도 눈매도 아닌 마립이 느꼈던 그 섬뜩함이, 뭐라 설명하기 힘든 그 묘한 분위기가 도문의 남양 지부에서 만났던 복면인들의 것과, 아니 그들 우두머리의 것과 상당히 닮아 있었다.

'한패다!'

분명 같은 패일 것이다.

흉수 무리가 이미 무한에 당도해 있다. 그만한 위치의 인물이 그저 정찰이나 하러 온 것일 리가 없다.

어쩌면 내일이 될 수도 있고 모레가 될 수도 있다. 필경 근시일 내에 급습이 이루어질 것이 틀림없다.

'이러고 있을 시간이 없어.'

알려야 했다. 미리 알려서 대비를 하게끔 해야 했다.

그리해 잠자리를 털고 일어나서는 서둘러 짐을 꾸려 문을 나섰다.

"지금 바로 출발하자구요? 이 시간에요?"

자러 들어갔던 천풍이 다시 달려 나와서는 아닌 밤중에 홍두깨마냥 급히 떠나자고 졸라대니 어리둥절하기만 한 여산삼귀다.

"지금 시각이 몇 신 줄이나 알고 그러시는 거예요? 곧 자정이에요, 자정."

"그런 걸 따질 겨를이 없습니다. 정히 내키지 않으신다면 저 혼자라도 먼저 출발을 하겠습니다."

"길도 잘 모르신다면서 이 오밤중에 어떻게 혼자서 그 먼 길을 간다는 거예요?"

워낙에 야심한 시각이었다. 물어물어 갈 수 있는 상황이 아니었다. 만일 그렇지 않았다면 여산삼귀에게 이처럼 동의를 구할 것도 없이 바로 출발을 했을 터였다.

"왜 이리 급히 서두르시는지 그 이유라도 말씀을 해 주십시오."

마립이 답답하다는 투로 요구를 해 왔다.

천풍도 급해한다고만 해서 될 일이 아님을 깨닫고 사실대로 대답했다.

"아무래도 도문이 위험할 듯싶습니다."

"……?"

도문이 위험한 거야 새삼스러울 것도 없지 않느냐는 표정들이다.

"흉수들이 이곳 무한에 들어와 있는 것이 틀림없습니다. 어쩌면 당장 내일이라도 도문을 칠지도 모릅니다."

"그걸 대협께서 어찌 아시는지?"

"아까 황학루에서 보았던 그 노인 기억나십니까?"

"그야 기억은 나는데……?"

"아마도 흉수들을 이끄는 자이거나 그만한 위치에 있는 자일 것입니다."

천풍의 대답에 그제야 상황 인식이 되는지 얼굴을 딱딱하게 굳힌다.

"어쩐지 느낌이 좋지 못하다 했더니만…… 한데, 대협께선 그걸 어떻게 아셨습니까?"

"설명을 하자면 깁니다."

제대로 설명을 하려면 남양 지부의 일까지 거슬러 올라가야 할 판이다.

"그러나, 그 노인이 흉수의 무리인 것만큼은 틀림없는 사실입니다."

천풍이 이렇게까지 확신을 하는 데야 달리 뭘 더 묻고 뭘 더 따지겠는가.

"하면 정말 여기서 미적대고 있을 상황이 아니군요. 조금이라도 빨리 이 사실을 알리는 것이 조금이라도 피를 적게 보는 길일 테니까."

상황 파악이 끝나자 더는 군말 않고 채비를 하는 그들이다.

그런 와중에 마화가 문득 우습다는 듯 물었다.

"근데 우리 너무 정의 구현에 힘쓰는 거 아니에요? 우리 정체성은 이런 게 아니잖아요? 도문이 우리랑 무슨 상관이라고요?"

그도 그렇다. 천풍에게 휩쓸려 얼떨결에 덩달아서 도문을 걱정하고 있지만, 사실 도문을 걱정할 만한 의리도 의무도 아무것도 없는 그들이었다.

"게다가 삼류 도적 주제에 감히 도문을 걱정하고 있다는 게, 이게 어디 가당키나 한 일이에요?"

해학도 그런 해학이 없다. 아마 도문이 이 사실을 알았다면 실로 가소로워 코웃음을 쳤거나 기가 막혀 콧방귀를 뀌었을 것이다.

"뭐 어때? 도문을 걱정할 만큼 우리 여산삼귀가 대단해졌다는 거 아니겠어? 더구나 난 아무래도 막 들뜨고 흥분되는 게 도적질보다는 이편이 체질에 더 맞는 것도 같단 말이야. 그냥 이참에 도적질 때려치우고 정파로 확 업종 전환해 버릴까? 여산삼협 어때? 여산삼귀보다 어감도 훨씬 더 좋은 것 같지 않냐?"

"됐네요! 하지 말라는 것만 잔뜩 있는 그런 고리타분한 정파 따위 딱 질색이에요."

"하긴, 정파도 우리 같은 놈들은 질색하겠지. 큭큭큭."

그런 잡담들이 오가는 사이 준비가 끝이 났다.

촌각을 다투는 일이라 준비를 마치자 지체 않고 바로 도문을 향해 말을 몰았다.

*　　*　　*

당문에 당가타가 있다면 도문에는 도원부(刀原府)가 있었다.

도원부는 도문 제자들의 가솔이나 가복들이 모여 사는 촌락으로 당가타와 마찬가지로 도문을 중심으로 그 일대에 넓게 퍼져 있었다. 도문으로 가려면 당연하게도 먼저 도원부를 거쳐야 했다.

천풍 일행이 도원부에 도착한 것은 어스름히 날이 밝아 올 무렵이었다. 어스름한 새벽이라고 해도 겨울이라 해가 늦장을 부린 것뿐, 그리 빨리 온 것은 아니었다. 서두른다고 서둘렀건만 아무래도 밤길이다 보니 생각보다 많이 지체가 되었다.

"도원부부터 외부인은 말을 타고 들어갈 수 없습니다."

그러고 보니 마을 입구 옆에 마구간처럼 말을 매어 둘 수 있는 장소가 따로 마련되어 있었다.

마립의 지시에 따라 모두가 말에서 내렸다. 한데, 풍천을 매어 두려고 그쪽으로 걸음을 내딛던 천풍의 얼굴의 순간 딱딱하게 굳어졌다.

"왜 그래요?"

뒤따르던 마화가 심상치 않다 느끼고 급히 물었다.

"피 냄새가 납니다."
"예? 피 냄새요?"
천풍은 대답 대신 말을 매어 두는 곳으로 조심스레 걸음을 옮겼다. 그리고 칸막이 너머를 살폈다.
아니나 다를까, 시체였다. 시체 두 구가 피범벅이 된 채로 널브러져 있었다.
"아마도 이곳을 지키던 자들이었던 것 같습니다."
"하면 흉수들이 이미……!"
사태를 파악한 마등이 도원부로 급히 달려 들어가려 했다. 그런 마등을 천풍이 막아 세웠다.
"여기서부터는 저 혼자 가겠습니다."
천풍의 말에 마화가 의아히 묻는다.
"그럼 우리는요? 이대로 돌아가라는 말씀이세요?"
"예, 돌아가십시오."
"그게 무슨……?"
의아해 하는 마화를 마립이 막았다.
"대협의 말씀을 따르겠습니다."
"큰 오라버니……."
"우리가 나설 일이 아니다. 오히려 방해만 될 뿐이야."
마립의 말대로였다.
흉수들은 도문을 혈겁 속에 밀어 넣을 만큼 무시무시한 자들이다. 그런 자들을 상대로 그들이 무얼 할 수 있겠는가. 천풍의 발목이나 잡지 않으면 다행이다. 괜한 목숨 부질없이 날리게 될 뿐인 것이다.

더구나 아직도 진득하게 코끝을 맴도는 피 냄새는 비단 죽은 두 시체의 것만이 아니었다. 그보다 훨씬 더 진득한 혈향이 도원부 너머에서 풍겨 나오고 있었다.

"그럼 저희는 풍천을 데리고 객잔으로 돌아가 대협을 기다리겠습니다."

조심하라는 말은 없었다. 이 일이 그들이 나설 일이 아닌 것처럼 천풍의 안부를 걱정하는 것 또한 그들의 주제 밖의 일이었기 때문이다.

마립이 마등과 마화를 데리고 그곳을 떠났다. 상황의 심각성 때문에 마화조차 농담 한마디 남기지 못했다.

그렇게 혼자 남게 된 천풍은 한 차례 심호흡을 크게 해 마음을 다스리고는 이내 도원부 안으로 발을 디뎠다.

도원부로 들어가자 입구에서와는 비교도 안 될 만큼 역한 피 냄새가 코를 찔렀다. 한 걸음 한 걸음 내디딜 때마다 피 냄새는 더욱 역해졌다.

그만큼 많은 사람이 죽어 있었다.

마을 곳곳을 시뻘건 핏물로 물들인 시체들이 수를 헤아릴 수도 없이 많았다.

이럴 때를 대비해 미리 대피를 시켜 놓았는지 부녀자들이나 어린아이의 것은 보이지 않는다는 게 그나마 다행이라면 다행일 지경이었다.

그렇게 발치에 차이는 시체들을 헤치며 나아가다 보니 그리 오래지 않아 도문에 도착했다.

도문의 문은 굳게 닫혀 있었다.

입구 양쪽으로 경비무사의 시체가 없었다면 도원부의 참상과는 달리 정작 도문은 별다른 해를 입지 않은 것은 아닐까 착각을 했을 만큼 적막하고 또한 고요했다.

끼이이익.

문을 열었다.

그리고 보았다. 수백 구의 시체가 켜켜이 쌓여 산을 이루고 있는 광경을.

목을 잃고 팔과 다리가 잘려 한 가닥 생의 흔적마저 남기지 못한 주검들이 그렇게 참혹한 모습으로 나뒹굴고 있었다.

끈적끈적한 핏물이 흘러내려 천풍의 신발을 적셨다.

악취야 더 말할 것도 없다.

그 가운데에 어슴푸레 밝아 오는 옅은 빛 무리를 받으며 시체를 밟고 서 있는 자가 천풍의 시야에 들어왔다.

한 자루 검을 들고 등을 보인 채로.

뚝뚝뚝뚝.

방울방울 맺힌 핏물이 검신을 타고 미끄러져 내린다.

천풍의 귀에는 그 소리가 전장의 북소리보다도 더 크게 들리는 듯했다.

그것은 놀람 이상의 충격이었다. 지금 천풍이 느끼는 감정은 차라리 공포에 더 가까울 지경이었다.

'흉수……인가?'

단지 이 모든 참상의 원흉일지도 모른다는 경계심이나 적의 때문은 아니었다. 더구나 자세히 보니 그 사내는 흉수가 아니었다. 사내의 주위로 도문의 것과는 다른 복색의 시체들이 뒹굴고 있었는데 사내의 검에서 떨어지는 핏방울은 필경 그들의 것이었다.

흑의에 복면…… 즉, 사내는 흉수가 아니라 오히려 도문의 인물일 가능성이 높았다.

그럼에도 놀람과 충격이 좀처럼 가시지 않는다. 그것은 오로지 사내의 크고 굳건한 등이 천풍을 압도하고 있었기 때문이다.

존재만으로 이렇게 압도당해 본 적이 과연 있었나 싶다. 기껏해야 도제가 전부였다. 그러고 보면 어떤 초월적인 느낌이 도제와 닮은 것도 같다.

하지만 분명 도제와는 달랐다.

맺음의 결도 틈새의 결도 아무것도 보이지 않았던 도제와는 달리 사내에게선 결도 허점도 너무도 많이 보였다. 너무도 많아서 눈이 따가울 지경이었다.

그랬다. 결도 허점도 너무 많았다. 한데 너무 많아서 오히려 결도 허점도 아니게 보인다.

도제는 없음으로 해서 완전무결했다면 이 사내는 있음으로 해서 또한 완전무결했다.

'누구지?'

대체 누굴까?

호기심은 더할 수 없이 커졌다.

사내가 고개를 돌려 천풍을 본 것은 그때였다.

차분하다 못해 차갑게 가라앉은 눈빛이다. 그 서늘한 눈빛은 실로 하늘 아래 이보다 더할 수 있을까 싶을 만큼 오만했다.

한데,

"아!"

낯이 익다.

이번만큼은 황학루에서 노인을 보았을 때처럼 착각을 한 것도, 아는 누구와 닮은 것도 아니었다.

분명 그가 아는 사람이었다.

그것을 증명이라도 하듯 사내의 눈에도 반가움이 어린다.

"하하! 네놈, 황산사의 그 꼬맹이로구나!"

십 년을 거슬러 몰라볼 만큼 훌쩍 자란 천풍이건만 단박에 알아본다.

천풍도 마찬가지였다. 하지만 이 눈앞의 사내는, 한층 더 커지고 한층 더 오만해진 것을 제외하면 세월조차 두려워 피해

갔는지 십 년 전 모습 그대로였다.

하늘 위 하늘 아래 홀로 우뚝한 자.

천하를 굽어볼 수 있는 오직 유일한 자.

그래, 그랬다.

지금 천풍의 눈앞에 있는 사내는 검문의 당대 주인, 패천일검 금천우였다.

제7장

천풍, 악귀가 되다

천극의 서

십 년 만의 재회. 더없이 기쁘고 유쾌해야 할 순간이건만 안타깝게도 때와 장소가 좋지 못했다. 산해진미 대신 시체 더미를 안주 삼아, 알싸한 주향 대신 비릿한 혈향을 반주 삼아 그동안 어떻게 지냈느니 하며 안부 인사를 주고받을 만큼 금천우도 천풍도 그리 무디지가 못했다.

게다가 무려 십 년 만이건만 바로 엊그제 만난 것처럼 친숙해서 달리 이런저런 인사말들 자체가 불필요하고 구차하게 느껴질 뿐이었다.

"네놈을 이곳에서 보게 될 줄은 몰랐군. 도문에는 어떻게 온 게냐?"

"그냥 아는 분이 계셔서……."

혹시나 하는 마음으로 주위 시체들을 훑어가는 천풍이다.

아무리 시체가 많다지만 추도향의 것이라면 바로 눈에 뜨일 터였다. 도라는 무기가 여인이 다루기에는 적합지 않은 것이라 여인의 시체 자체가 몇 구 되지 않았다.

다행히 시야가 닿는 곳 어디에도 추도향의 것은 없었다. 조마조마한 마음으로 시체를 살피던 천풍은 그제야 안도를 하며 다시 금천우를 보았다.

"한데, 어찌 된 일입니까?"

"뭐, 보는 바와 같이 더 이상 도문이라는 이름은 존재하지 않게 된 거지. 적어도 무림사세에서만큼은…… 나도 자세한 건 모른다. 내가 도착했을 때는 뒷정리를 하던 몇 놈만 남아 있었을 뿐이니까."

발치에 걸리는 시체 하나를 가볍게 툭 찬다.

흑의 복면인의 시체였다.

천풍의 짐작대로 검에 묻은 핏방울은 역시 흉수들의 것이었다.

"다만……."

"……?"

"이놈들의 칼이 상당히 낯이 익더란 말이지."

"칼이 낯이 익다는 건 무슨 말씀이신지?"

"연자류(燕刺流)를 쓰더란 말이야. 연자류라 하면 도문의 독문절기인데 어찌 이놈들이 그것을 알고 있는지…… 아니, 아는 정도가 아니었어. 이놈들 하나하나가 도문에서 칼 좀 쓴다는 놈들보다 오히려 더 높은 경지에 이르러 있었으니까."

"하면 흉수와 도문 사이에 달리 연이 있었을 거라는 말씀입니까?"

"정확한 속사정이야 지금으로서는 알 수 없는 노릇이지. 그러나, 놈들과 도문 사이에 있는 것이 단순한 은원이 아닌 것만은 아마도 틀림이 없겠지. 그보다……."

금천우가 시체들을 가로질러 걸음을 옮겼다.

다른 곳과는 달리 비교적 한적한 곳이었다. 겹겹이 쌓인 시체도, 흥건한 핏물도 없었다. 대략 폭이 일 장 정도 되는 공간에 있는 것은 달랑 한 구의 시체뿐이었다.

다른 시체들처럼 목이 잘리고 팔다리가 잘려 나간 것은 아니지만 왼쪽 어깨에서부터 오른쪽 허리까지 깊은 상흔이 남아 있었다.

"도문주 석조명이다."

"아……."

그 시체를 본 순간 어느 정도 짐작은 했지만 막상 이름을 들으니 충격이 적지 않다.

시대의 거인이 죽었다. 석조명이라는 인물에 대해 잘은 모르지만, 고작해야 추도향의 스승이라는 것 말고는 그에게 별로 특별할 것이 없던 사람이지만 적어도 이런 참담한 모습으로 자신과 조우할 사람은 아니었다.

석조명이 주검으로 나타난 것만으로도 충분히 놀라운데 이어진 금천우의 말은 그를 더욱 놀라게 했다.

석조명의 시체와 그 주위 흔적들을 살피던 금천우가 미간을 찌푸리며 말했다.

"하나로군."

"예?"

"도문의 주인을 죽인 자가 하나라는 말이다."

"그럼 합공에 당한 것이 아니었단 말씀입니까?"

"분명 한 명에게 당했다. 그것도 열 번의 합조차 이루어지지 않았을 만큼 압도적으로."

"……!"

도무지 믿기지 않았다.

순위를 매겨 놓은 것은 아니지만 굳이 순위를 꼽자면 중원 무림에서 능히 다섯 손가락 안에는 든다고 알려진 석조명이다.

그런 석조명이 십 초도 버티지 못하고 죽임을 당했다.

과연 온전한 정신으로 이 말을 믿을 사람이 있기나 할까?

하지만 다른 누구도 아닌 금천우의 입에서 나온 말이기에 믿지 않을 수도 없다.

순간, 천풍의 뇌리를 스치는 얼굴 하나가 있었다.

황학루에서 보았던 노인의 얼굴이 불현듯 떠올랐다.

만일 금천우의 말이 사실이라면 석조명을 죽인 자가 그 노인은 아닐까?

천풍의 생각은 거기에서 더 이어지지 못했다.

살아 있는 자라고는 천풍과 금천우 둘뿐이었던 공간에 하나가 더 끼어들었기 때문이다.

눈이 부시도록 새하얀 백의에 반듯한 이목구비, 머리에 두른 멋들어진 문사건과 손에 든 운치 있는 부채가 한껏 분위기를 더한다. 그 모습에서 과거 금천우의 옆에 그림자처럼 붙어 있던 백연을 떠올리는 것은 그다지 어렵지 않았다.

백연도 마찬가지였다. 다만 천풍이 왜 여기에 있는지 그것을 의아해하고 있을 뿐이다.

"어떻게 됐어?"

금천우가 물었다.

백연이 이내 천풍에게서 시선을 거두고 대답했다.

"인원은 대략 천이백 정도였고, 추적을 피하기 위해 열로 나누어 흩어졌습니다."

아마도 흉수들의 행적에 대한 보고인 듯했다.

"열이라……."

그렇게 뇌까리던 금천우가 죽은 석조명의 시체를 눈짓했다.

"그 열 중에 도문의 주인을 이렇게 만들 만한 자는 어디로 갔어?"

그 시체가 도문의 주인이라는 것에는 백연도 놀라는 눈치다. 하지만 대답은 즉시 나왔다.

"도문주 석조명과 자웅을 겨룰 수 있는 자는 세 명이 있었습니다.

"뭐?"

이번에는 금천우가 놀란 표정을 했다. 놀라기는 천풍이라고 다르지 않았다.

석조명 정도 되는 고수가 하나만 있어도 믿기 힘들 판국인데 세 명이나 된다니 천하의 금천우라 해도 놀라지 않을 도리가 없었다.

"이거 정말 재밌어지는데? 좋아. 무림을 욕심낼 만큼 강하지 않을 거라는 말, 취소하도록 하지. 자네 말이 맞았어. 무림을 욕심내는 것 같지는 않지만 적어도 그만한 욕심을 부릴 만한 힘은 갖고 있는 놈들이로군."

천풍이 알아들을 수 없는 말을 하며 고개를 주억거린다. 그런 금천우는 어딘지 신 나 보이기도 하고 들떠 보이기도 했다.

'하나도 변하지 않으셨군.'

자유분방하고 거칠 것 없고 제멋대로였던 십 년 전 그 모습이 고스란히 살아 있다. 세상이 다 변해도, 세월이 얼마가 더 지난다 해도 금천우만은 변하지 않을 것 같았다. 그 변함없음이 사람을 참 기분 좋게 했다. 역한 피 냄새가 가득한 이 살풍경함 속에서도 금천우를 보고 있자니 이곳이 마치 십 년 전의 황산사처럼 편안하게 느껴질 정도였다.

"그러나, 아무리 그래도 설마하니 그 셋 모두가 도문주를 열 합 만에 죽일 수 있는 자들은 아닐 테지? 딱 하나만 꼽는다면 어디야?"

"서남쪽으로 가고 있는 자라면 능히 가능할 걸로 보였습니다."

"만일 헛다리 짚은 거면 그 지긋지긋한 백의 대신 알록달록한 색동옷을 입혀 줄 테니까 그리 알라고."

"차라리 목을 가져가시지요."

"현명한 자는 수하의 목을 가볍게 여기지 않는 법이야."

"수하의 체면은 가볍게 여겨도 되나 봅니다."

"어허, 세상의 눈에 너무 연연해 하는 것도 사내대장부의 바른 모습이 아닐세."

"수하를 웃음거리로 만들려는 것 또한 바른 주인의 모습은 아니지요."

"원래 가까운 사이일수록 눈물을 머금고라도 죄는 엄하게 물어야 하는 법이지! 자, 그럼 도문주의 원수를 갚으러 가 볼까? 어차피 도문의 부채라면 우리 검문이 떠맡는 게 당연한 도리니까."

* * *

백연의 추적술은 가히 혀를 내두를 지경이었다.

발자국을 찾지도, 지형지물의 변화를 살피지도 않는다. 추적을 피하기 위해 열로 나누어 도주를 택한 것을 보면 이동을 하면서도 철저히 그 흔적을 지우고 있을 텐데도 마치 이미 그들의 도주 경로를 훤히 꿰뚫고 있기라도 하듯 거침없이 내달린다.

과연 제대로 가고 있기나 한 건지, 급한 마음에 그저 느낌 가는 대로 달리고 있는 건 아닌지 심히 의심이 들 지경이었다. 하지만 한 점 망설임도 없이 백연을 따르고 있는 금천우를 보면 또 그런 것 같지는 않았다.

어쨌거나 덕분에 추격은 박차가 가해졌다. 흉수들이 도문을 빠져나간 게 이각도 채 되지 않았다고 하니 백연이 제대로 길을 잡은 것이라면 거리가 상당히 좁혀졌을 것이다.

그렇게 정신없이 내달리기를 얼마나 지났을까.

날이 채 다 밝기도 전, 천풍은 백연이 틀리지 않았다는 것을 알았다.

관도를 벗어난 어느 소로였다. 그 소로 한가운데에 그들을 기다리고나 있었다는 듯 노인 하나가 오롯이 서 있었다.

천풍은 단박에 흉수라는 것을 알았다. 그들을 기다리고 선 자가 다름 아닌 황학루에서 보았던 바로 그 노인이었기 때문이다.

"어떻습니까?"

백연이 짐짓 노인을 고갯짓하며 금천우에게 물었다.

"헛다리는 아니었던 것 같군."

"그럼 색동옷은 입지 않아도 되겠군요."

금천우가 좋은 구경 놓쳐 아쉽다는 듯 입맛을 다셨다.

천풍이 석조명의 주검을 보며 노인을 떠올렸던 것처럼 금천우와 백연 또한 노인을 보며 석조명을 떠올린 모양이다.

"그나저나…… 보아하니 우리를 기다린 모양인데……?"

"기다렸지."

금천우의 중얼거림에 노인이 간단히 답했다.

금천우가 다시 물었다.

"왜?"

"검문주 패천일검 금천우가 과연 어떤 사내인지 궁금했거든."

"내 이름을 아는군. 나는 그쪽에 대해 아무것도 모르는데…… 이거 너무 불공평하잖아?

금천우가 입꼬리를 말아 올리며 짐짓 투정을 하자 노인이 주저하지 않고 자신의 이름을 밝혔다.

"노부의 이름은 구양수(歐陽修)라 하네."

그러나 금천우는 만족스럽지 않은 모양이다.

"고작 이름 석 자뿐인가?"

"이름 석 자 이외의 것은 말을 해 준다고 해서 자네가 알 수 있는 것도 아닐뿐더러, 이름 석 자 이외의 것을 함부로 밝힐 자유가 노부에게는 없네. 그러니 서운케 생각지는 말게나."

구양수의 말에 금천우가 흠칫 놀라는 기색을 했다.

"밝힐 자유가 없다라…… 하면 그대가 꼭대기가 아니라는 거군."

"내 위치를 말하는 거라면 물론 나는 꼭대기가 아니네."

"그럼 뭐야? 한가하게 이러고 있을 이유가 없었던 거잖아?"

구양수가 금천우의 반응을 이해 못 하겠다는 표정이다.

"그러니까 내 말은 나와 말을 섞기에는 그대가 감히 주제가 안 된다는 거지."

"하면 같은 꼭대기라서 지금껏 나를 상대해 주고 있었다는 건가?"

"그럼 왜겠어? 그대가 그대의 수하들을 위해 시간을 끌고 있다는 걸 뻔히 알고 있는데 내가 빙충이도 아니고 뭐하러 거기에 장단 맞춰 주고 있었겠어? 같은 꼭대기라면 통하는 것도 있겠다 싶고, 또 머리만 치면 잔챙이들이야 문제 될 것도 없겠다 싶어서 그런 거지."

"듣던 것보다 더욱 무례하고 오만한 자로군."

"그럴 만한 자격이 있으니까."

"과연 자격만큼 실력이 될지는 모르겠군. 도문의 주인은 안타깝게도 그렇질 못했지."

"역시 석 도문주를 죽인 건 그대인가?"

"기대보다 싱거워서 실망스러웠다네."

입가에 비릿한 웃음을 매단다.

그로써 그들의 짐작대로 석조명을 죽인 게 구양수임이 확실해졌다.

"너무 겁먹지는 말게나. 자네를 죽이라는 명은 받지 못했으니까."

"그것참 고맙기도 하군. 하나, 이거 미안해서 어쩐다? 나는 그대를 죽여야겠는데?"

"쉽지 않은 일일 게야. 설혹 자네에게 정말 나를 죽일 실력이 있다고 하더라도 말일세. 나는 일각만 버티면 되거든."

"일각?"

"내가 여기서 자네를 기다린 것이 내 수하들의 퇴로를 무사히 열어 주기 위함이라는 건 자네도 이미 알고 있다고 했지 않은가?"

구양수의 말에 금천우의 눈길이 백연에게로 향했다.

"일각이면 장강을 건널 것입니다. 장강을 건너서 산개한다면 사실상 추격은 불가능해집니다."

백연의 설명에 구양수가 감탄성을 터트렸다.

"호오! 똑똑한 자로군!"

"똑똑할 뿐만 아니라 귀도 밝지."

금천우가 덧붙이는 말에 구양수가 흠칫한다.

"귀도 밝다?"

그러다 무언가 짐작 가는 것이 있는 듯 자신의 무릎을 탁 쳤다.

"아! 그래, 그랬었군. 어쩐지 너무 쉽게 우리를 뒤쫓는다 싶더니만…… 천이통(天耳通)이라도 익힌 겐가?"

"천이통까지는 아니고, 원래부터 귀가 밝은 놈이 나를 지켜준답시고 삼십 년간 자객들의 기척을 살피다 보니 자연히 백 리 밖 개미 기는 소리까지도 들을 수가 있게 된 거지."

"허어! 그런 일이 가능하단 말인가?"

"푸핫! 당연히 가능할 리가 없잖아?"

"……?"

"푸하핫! 백 리 밖 개미 소리까지 들을 수 있으면 그게 박쥐 새끼지 사람 새끼겠어? 이 녀석은 그저 남들보다 머리가 조금 더 잘 돌아가는 것뿐이라고. 푸하하하하!"

아주 배꼽이 빠져라 웃는다.

구양수의 얼굴이 당장에 붉으락푸르락해진다.

구양수의 얼굴이 구겨질수록 금천우의 웃음소리는 커졌다. 그런 금천우를 보며 놀림의 소재가 되었던 백연이 크게 한숨을 내쉬는가 하면 고개를 잘래잘래 젓기도 한다.

하지만 천풍은 금천우처럼 크게 소리 내어 웃을 수도, 백연처럼 금천우를 한심하게 볼 수도 없었다. 그도 그럴 것이 그 역시 구양수와 마찬가지로 깜빡 속아 넘어갔기 때문이다.

정말이지 백연이 백 리 밖 개미 소리도 듣는 줄로만 알고 어찌나 감탄을 했는지 모른다. 그래서 구양수가 지금 느끼고 있는 굴욕을 고스란히 같이 느끼고 있었다. 금천우의 웃음소리가 커질수록 스스로가 어찌나 바보 같은지 얼굴이 다 화끈거릴 지경이었다.

한데, 천풍은 그러한 굴욕과 창피함을 속으로 삭였지만 구양수는 그러지 않았다.

"결국 피를 봐야 할 일이로군."

이어진 것은 진득한 살기다.

"나를 죽이라는 명은 없었다지 않았나?"

"패천일검 금천우를 죽이라는 명은 없었지. 하나, 내 앞에 있는 자는 아무리 봐도 그저 미친개로밖에는 보이지 않는군. 미친개에게는 몽둥이가 약인 걸 어쩌겠나."

"하하하! 그래, 진작 그렇게 나왔어야지! 그렇게 나와야 나도 제대로 붙어 볼 맛이 나지! 일각이니 뭐니, 뒤꽁무니부터 뺄 생각하는 작자랑 무슨 재미로 검을 섞겠냔 말이야!"

조금 전의 장난기와는 다른 웃음이었다.

호기롭고 호전적이다.

표정 또한 상당히 만족스러워 보인다.

그 모습을 보자니 조금 전의 놀림은 구양수로부터 이 같은 반응을 끌어내기 위함이었던 것 같았다.

만일 그렇다면 그 노림수는 제대로 적중했다.

구양수에게서 살기가 줄기줄기 뿜어져 나왔다.

아니, 그 살기가 너무 진하고 강해서일까? 놀랍게도 형체가 있었다. 무형의 살기가 아닌, 유형의 무언가가 구양수의 몸에서 아지랑이처럼 일렁이고 있었다.

"강기(罡氣)로군."

강기?

백연의 뇌까림에 천풍이 흠칫했다.

강기라니? 그럼 저 아지랑이는 강기의 막이라는 것인데, 저처럼 온몸을 강기의 막으로 두를 만한 고수가 과연 현실에 존재할 수 있단 말인가?

믿을 수 없었다. 하지만 믿지 않을 수도 없었다.

구우우웅.

단순히 살기라면 지금처럼 지반 자체가 흔들리지는 않을 테니 말이다. 단순히 살기일 뿐이라면 지금처럼 주위가 뜨거워지지도, 그 열기에 공기가 팽창하지도, 팽창한 공기가 찢기고 터져서 살갗을 할퀴지도 않았을 것이다.

'대체 얼마나 내공을 쌓아야 이런 강기를 만들 수 있는 거지?'

천풍을 놀라게 한 것은 비단 구양수만은 아니었다.

이만한 강기를 접하고도 얼굴색 하나 변하지 않는 금천우와 백연의 태연함도 현실감이 없기는 마찬가지였다.

도문주 석조명을 열 합 만에 죽인다는 것의 의미가 새롭게 다가왔다.

급습에 당한 것도, 그렇다고 이변이 일어난 것도 아니다. 도문주 석조명은 그저 힘의 논리에 따라 절대적인 강함 앞에 목숨을 잃었다. 구양수는 무림사세의 주인을 열 합 만에 죽일 만큼, 그만큼 터무니없이 강한 것이다.

가슴이 뜨거워졌다.

그 강함을 바로 눈앞에서 볼 수 있다는 것이 너무도 흥분되었다.

그런 천풍을 보며 금천우가 비릿하게 웃었다.

"흐흐. 확실히 십 년 전과는 달라졌군. 어때? 병신은 면한 것 같지?"

"그렇군요. 풍파결이 효과가 있긴 있었나 봅니다."

백연이 그렇게 금천우의 말을 받았다.

천풍이 그들의 태연함에 놀랐듯이 사실 천풍의 태연함에 그들도 놀라기는 마찬가지였다.

지금 그들이 서 있는 공간 안에 휘몰아치는 강기의 폭풍은 그리 만만한 것이 아니었다. 제법 이름깨나 날리는 고수라도 그 장대한 기압을 견뎌내지 못해 뒷걸음질치거나 그대로 주저앉아 피를 토할 텐데 천풍은 그저 놀란 눈을 동그랗게 뜨기만 할 뿐 안색 하나 변하지 않고 있었다.

천형으로 인해 내공 한 점 없던 때와는 완전히 달라졌다. 모르긴 몰라도 '안 되면 말고' 식으로 던져 준 풍파결이 그들의 생각보다 훨씬 더 잘 맞아떨어진 것이 틀림없다.

"그럼 이제 과연 세상을 불태워 버릴 만한 괴물이 되었는지 그것만 확인해 보면 되겠군."

"그전에 먼저 여기부터 정리를 해야겠지요."

"그렇지. 어차피 이 녀석의 십 년을 보기 전에 내 십 년을 먼저 보여 주는 게 윗사람 된 도리이기도 하니까."

금천우의 눈이 천풍을 향했다.

"눈을 부릅뜨고 있어야 할 게다. 한순간이라도 놓치면 평생 땅을 치고 후회하게 될 테니까."

그리 말을 하고는 성큼 구양수에게서 한 걸음 다가섰다.

"일각이라 했지?"

검을 뽑아 어깨에 척 하니 걸치고는 그리 물었다.

"솔직히 말하면 나는 애초부터 그대 수하들에게는 관심이 없었어. 그래 봐야 열로 나누어 달아난 놈들 중 하나인데 기껏 열에 하나를 잡아 봐야 무슨 소용이겠나? 내 관심은 오직 도문의 주인을 죽인 그대뿐이었다는 말이지. 그러니 시간 같은 건 아무래도 상관이 없었어. 그래서 조금 더 느긋하게 즐길 생각이었는데 말이야. 나로서도 그대 같은 자는 좀처럼 만나기가 쉽지 않으니까. 한데…… 이젠 그러지 못하게 됐어. 저 녀석의 십 년을 보려면 아무래도 그대 수하들이 필요할 것 같거든."

금천우가 다시 성큼 한 걸음을 좁혔다.

"일각 안에 나를 죽일 수 있다는 뜻인가?"

"사람 하나 죽이는 데 일각은 길잖아? 안 그래?"

구양수는 여전히 그 자리에 서서 줄기줄기 강기를 뿜어낸다.

"그렇지. 사람 하나를 죽이는 데 일각은 길지. 자네에게도, 노부에게도 말일세. 자네는 저 아이의 십 년을 결코 볼 수 없을 것이네. 그것도 살아 있어야 가능한 것일 테니까 말이야."

구양수의 말은 실로 진득한 살기를 머금고 있었다.

"글쎄? 그럼 어디 한번 최선을 다해 봐."

금천우가 재밌다는 듯 피식 웃으며 한 걸음을 더 내디뎠다. 순간, 그 자리에 못이라도 박은 듯 꼼짝도 않던 구양수도 마침내 걸음을 떼었다. 한데, 그 한 걸음은 금천우의 한 걸음과는 본질적으로 달랐다.

쿠웅!

바닥이 움푹 파인다 싶은 순간, 금천우의 발치까지 지진이라도 나듯 땅이 쩌저적 갈라지더니 폭발하듯 튀어 오른다. 그뿐만 아니라, 그렇게 튀어 오른 지면의 파편들이 그 어떤 보검보다도 날카로운 칼날이 되어 금천우를 덮쳐 갔다.

당장에라도 금천우의 몸이 갈기갈기 찢길 것만 같은 위기일발의 상황. 한데, 이런 위급하고 살벌한 상황과는 어울리지 않게 그 순간 금천우의 입가에 비릿한 미소가 그려지는가 싶더니 그와 동시에 어깨에 걸친 검을 그대로 땅에 내리꽂아 버린다. 그리고 이어진 것은,

콰콰콰콰!

하늘이 흔들리고 땅이 뒤집히는 폭발이었다.

그들이 서 있는 땅이 폭죽처럼 터지며 강기와 강기가 충돌했다. 그 충돌의 여파로 금천우와 구양수가 각기 한 걸음씩을 뒤로 물렸다.

"으음……!"

하지만 신음을 토한 것은 정작 그들이 아니라 천풍이었다. 그 순간의 풍압을 견디지 못하고 무려 다섯 걸음이나 뒷걸음질치고서야 겨우 신형을 가눌 수 있었다. 옷이 걸레처럼 너덜너덜해진 것은 말할 것도 없었다.

명실공히 무림 최고라 할 수 있는 고수들 간의 대결이다. 진정한 고수들의 세계를 접한 천풍은,

'가공스럽다고밖에는…….'

달리 표현할 말을 찾을 수가 없었다.

그저 놀랍고 경악스러울 따름이다.

그러나 그것은 어디까지나 맛보기에 지나지 않았다. 이어진 장면은 그간의 놀람과 경악을 송두리째 날려 버릴 만큼 소름끼치도록 강렬한 것이었다.

강기와 강기가 충돌하고 사방이 먼지로 자욱해진 그 순간이었다.

"이제부터가 내 십 년이니까 잘 보고 있으라고!"

그렇게 한마디를 던진 금천우가 그대로 구양수를 향해 신형을 날렸다.

파파파팟!

공기를 찢다 못해 공간마저도 부수며 구양수를 덮쳐 갔다. 그리고 금천우의 검은 그보다 더 빠르게 구양수에게 닿았다.

"부질없는 짓!"

구양수가 가소롭다는 듯이 외치며 도를 뽑아 금천우의 검을 막았다.

콰앙!

검과 도가 부딪쳤는데 쇳소리가 아니라 둔중한 폭음이 들렸다. 동시에 조금 전과 같이 강기의 폭풍이 휘몰아쳤고 이어서 하늘이 흔들리고 땅이 갈라졌다. 하지만 드러난 결과까지 조금 전과 같지는 않았다.

조금 전 나란히 한 걸음씩을 물린 것과는 달리 지금은 구양수만이 두 걸음을 물렸을 뿐, 금천우는 걸음을 물리기는커녕 오히려 두 걸음을 더 내디뎌 미처 신형을 가누지 못하고 있는 구양수와 더욱 간격을 좁혔다.

이윽고 금천우가 검을 날렸다.

"하앗!"

급히 신형을 추스른 구양수가 그 즉시 도를 세워 금천우의 검을 맞았다.

천풍을 진정으로 경악하게 만든 것은 바로 그 순간에 벌어졌다.

서걱!

분명 방금 전과 똑같은 장면이었다. 한데 이어진 섬뜩한 울림은 '쾅' 이 아니라 '서걱' 이었다.

베였다.

마치 무가 잘려 나가듯 구양수의 도가 잘렸다. 구양수의 도가 잘린다 싶은 순간 이미 금천우의 검은 구양수의 머리마저 가르고 있었다. 그리고 구양수가 실로 믿기지 않는다는 눈을 했을 때는 이미 그의 몸이 정확히 반으로 갈라진 이후였다.

촤아아악!

몸이 반으로 갈라지고 그 사이로 피가 뿜어졌다. 그리고 찰나처럼 짧지만 억겁처럼 길게 느껴지는 시간이 흐른 후, 고목이 쓰러지듯 구양수의 몸이 그렇게 무기력하게 무너져 내렸다.

그로써 끝이었다.

도문주 석조명을 열 합 만에 죽인 구양수가, 무림사세의 주인을 열 합 만에 죽일 만큼 터무니없이 강한 절세의 고수가 금천우에게는 힘 한번 제대로 써 보지 못하고 고작 두 합 만에 죽임을 당한 것이다.

아니면 도문주 석조명이 약했던 것일까?

그럴 리가 없다. 그저 당대의 검문이, 검문의 주인이 말도 안 되게 강한 것이다.

그 말도 안 되게 강한 금천우가 반으로 잘려서 바닥에 뒹굴고 있는 구양수를 내려다보며 툭 던지듯 말했다.

"그러게, 일각은 길다니까."

그러고는 자신의 검에 묻은 구양수의 피를 구양수의 옷자락에 문질러 닦은 후 천풍을 돌아보았다.

"자, 내 십 년을 본 소감이 어떠냐?"

그 압도적인 신위 앞에 무슨 말을 할 수 있겠는가.

그저 떨렸다. 조금 더, 아니 아주 많이 가슴이 뜨거워지기도 했다. 더할 수 없이 흥분도 되고 주체할 수 없는 격정이 휘몰아치기도 했다. 하지만 지금 무엇보다 큰 감정은 금천우의 강함이 마치 자신의 것처럼 자랑스럽다는 것이다.

따지고 보면 고작해야 십 년 전 잠시 잠깐 스친 별것 아닌 인연이다. 한데 그 별것 아닌 인연에 왜 이렇게 흔들리는 것일까?

그것은 아마도 동경일 것이다.

무공을 접하고 처음으로 만난 무림인이다.

강하다는 것, 그로 인한 오만함이 당당함이 되고 그 당당함이 또한 얼마나 아름다울 수 있는지 금천우를 통해 보았다. 그리고 그런 금천우를 보며 막연히 '나도 저렇게 되고 싶다'는 생각을 했었던 것 같다.

그랬다. 그것은 막연한 동경이었다. 심지어 그가 얼마나 강한지조차 알지 못했다. 상상으로만 그를 그렸고 그의 강함을 꿈꿨다.

한데 금천우의 강함이라는 것을 이렇게 눈으로 보고 나니 이야기 속의 영웅이 상상했던 것보다 훨씬 강하고 훨씬 멋진 모습으로 현실에 나타난 듯한 기분이었다.

지금 천풍은 그야말로 십 년 전 그때의 어린아이로 돌아가 있었다.

그런 천풍을 보며 금천우가 히죽 입꼬리를 말아 올리며 말했다.

"내 십 년이 네 녀석을 실망시키지는 않은 모양이군. 그럼 이제 네 녀석의 십 년을 구경해 볼까?"

그렇잖아도 마음이 굴뚝이다.

얼른 보여 주고 싶었다.

금천우에게 자랑하고 싶었다.

어린 날 자신의 천형을 아프도록 일깨워 주었던 그에게, 절대로 검을 익히지 못할 거라 비웃던 그에게, 그러면서도 절망 속에서 희망 한 자락을 던져 주며 너무도 고마운 손을 내밀어 주었던 그에게 그동안 자신이 얼마나 변했는지, 얼마나 강해졌는지 보여 주고 싶었다. 그리해 인정받고 싶었다.

그날 그렇게 내밀어 준 손이 결코 헛된 것이 아니었음을, 천형을 타고나 단전도 없는 병신이 이만큼이나 강해졌음을.

달렸다.

구양수가 지키고자 했던 구양수의 수하들을 쫓아 힘껏 땅을 박찼다.

*　　*　　*

금천우가 구양수가 말한 일각에서 반을 쪼개고 거기서 다시 반을 쪼갠 덕분에 흉수들을 따라잡는 데는 불과 반각도 필요치 않았다.

시야에 흑의 복면인들의 무리가 들어왔다.

"자! 무대는 마련되었으니 한번 마음껏 실력 발휘를 해 봐."

금천우의 말은 굳이 필요 없었다. 그 말이 채 다 끝나기도 전에 천풍은 이미 조금의 조저함도 없이 흑의 복면인들 속으로 뛰어들고 있었다.

백여 명에 이르는 흑의 복면인들의 눈이 의혹으로 물들었다. 당황하는 기색도 역력했다.

어떻게 이렇게 빨리 따라잡혔단 말인가? 구양수는? 무모하다 싶을 만큼 겁 없이 달려들고 있는 저 하룻강아지는 또 뭔가?

순간, 여러 의문들이 한꺼번에 복면인들의 머릿속을 가득 채웠지만 그들은 어느 것 하나도 속 시원히 해답을 얻을 수 없었다. 해답은커녕 머릿속 의문들을 미처 입 밖으로 내뱉지도 못했다. 그전에 이미 천풍의 손이 복면인들 중 하나에 닿았기 때문이다.

…….

찰나간에 동료 하나가 눈앞에서 사라져 버렸다.

'지금 대체 무슨 일이……?'

그들의 머릿속 많은 의문들이 그 하나에 완전히 파묻혀 버렸다. 하지만 그마저도 입 밖으로는 내지 못했다.

복면인들을 헤집어 놓기 시작했다. 천풍의 손이 닿는 족족 동료들이 사라져 간다.

의문은 경악이 되고 경악은 공포가 된다.

아무 말도 할 수 없었다.

아무것도 생각할 수 없었다.

서른 명의 동료가 순식간에 눈앞에서 사라져 버리자 남은 것은 달아나야 한다는 본능뿐이다.

그러나 천풍은 단 한 명도 놓치지 않으려는 듯 몸을 돌리는 자들의 앞을 막고 그들부터 먼저 손을 썼다.

지금 천풍은 금천우에게 자신의 달라진 모습을 보여 주고자 하는 단 하나의 일념뿐이었다. 보다 멋지고 보다 강해진 모습으로 자신의 지난 십 년을 보여 주고 싶었다. 그리해 자신이 조금 전 금천우를 보며 느꼈던 흥분과 격정을, 그때의 전율을 금천우도 똑같이 느껴 주기를 바라는 그 마음뿐이다.

한 명이라도 아쉽다.

단 한 명이라도 그냥 보낼 수가 없다.

금천우에게 보다 더 멋지고 보다 더 강해진 모습을 보여 주기 위해서 그들은 반드시 이 무대에 남아 있어야 했다. 그리고 자신을 보다 찬란하게 빛내 주어야 했다.

서른이 마흔이 되었다.

'어떻습니까? 아직도 제게서 보이는 것이 절망과 좌절입니까?'

마흔이 쉰이 되었다.

'저는 더 이상 그때의 무기력하고 초라했던 아이가 아닙니다.'

쉰이 예순이 되고,

'이렇게나 강해졌습니다.'

예순이 일흔이 되었다.

'당신이 던져 준 희망 한 자락이 저를 이렇게나 강하게 만들었습니다!'

그렇게 복면인들의 수가 절반도 채 남지 않게 되었을 때, 천풍이 금천우를 보았다.

잔뜩 기대하고 있었다. 그리고 자신만만했다.

결코 금천우를 실망시키지 않았으리라.

금천우의 십 년이 그랬던 것처럼 자신의 십 년 또한 금천우를 감동시키고 있을 것이다. 그리 확신했다.

한데, 그리해 돌아본 금천우의 얼굴에는 그가 기대했던 어떤 것도 떠올라 있지 않았다.

감격도 없었고 감동도 없었다. 흥분도 없었고 격정도 없었다.

보기 싫게 잔뜩 구겨져 있는 그곳에는 오직 이유를 알 수 없는 노여움뿐이었다. 천풍을 보는 눈빛 또한 노여움으로 이글거리고 있었다.

'왜……?'

기대했던 것과는 전혀 다른 시선에 움찔하며 손을 멈췄다. 그 덕분에 비로소 살길이 열린 복면인들이 급급히 도주로를 찾아 신형을 날렸다.

천풍은 그들을 쫓지 않았다. 금천우와 백연도 그들에겐 눈길 한 번 주지 않은 채 천풍만을 보고 있었다.

'왜……?'

왜 저런 눈으로 자신을 보는 것일까?

저 노여움의 정체는 대체 무엇일까?

"네놈……."

금천우가 그 눈에 여전히 노여움을 가득 담은 채로 입을 열었다.

"네놈…… 대체 지금 무얼 하고 있는 것이냐?"

"……?"

무얼 하고 있느냐니?

자신의 십 년을 보여 달라고 해서 자신의 십 년을 보여 주고 있었다. 그 행위 어디에 금천우를 불쾌하게 할 만한 것이 있는지 전혀 모르겠다.

혹시 결의 무예가 생소하고 낯설어서 그러는 것일까?

"저기 그러니까, 이건 결의 무예라는 것인데……."

"누가 네놈의 그 하잘것없는 무공을 알고 싶다 했느냐! 네놈이 한 짓이 무슨 짓이었는지를 묻는 것이다. 사람을 죽이고 있었던 것이 아니더냐!"

너무도 당연한 말이다. 그러나,

"아……!"

천풍은 그 당연한 말에 소스라치게 놀랐다.

그러고 보니 그랬다.

그의 손에 사라져 간 것은 사람이었다.

사람을 죽이고 있었다.

"한데 어찌하여 네놈의 눈에는 살의가 보이지 않는 것이냐? 한데 어찌하여 사람을 죽이는 그 손에 살기가 담기지 않은 것이냐?"

"아아……!"

죽이고자 한 것이 아니다. 그저 자랑하고자, 보여 주고자 했을 뿐이다. 그러하기에 살의도, 살기도 없었다.

무림에서 일상다반사로 일어나는 것이 죽고 죽이는 일이라지만, 합당한 명분만 있다면 그 어떤 살인도 정당화되는 것이 무림이라지만, 그래서 남양 지부에서의 첫 살인 이후 사람의 목숨이라는 것이 너무도 가볍게 느껴지긴 했지만, 하지만 절대로 지금처럼 무감각해져서도, 무감각해질 수도 없는 것이 사람의 생명이었다.

한데, 조금 전 그는 일말의 죄책감도 없이 복면인들의 목숨을 거두었다. 죄책감은커녕 고작 우쭐대고픈 마음만 가득 차서 자신이 하고 있는 행위에 대한 자각조차 못 하고 있었다.

"정녕 사람을 죽이고 있었던 것이 맞긴 하느냐? 네놈 눈에 그놈들이 과연 사람이긴 했었느냐? 한데, 어찌하여 내 눈에 정녕 사람이 아니었던 것은 네놈뿐이었더냐!"

천풍은 그제야 금천우가 왜 이렇게 노여워하는지를 알았다.

단지 살인에 대한 질책이 아니다.

"지난 십 년은 네놈을 악귀로 만들어 버렸구나!"

그것은 잃어버린 사람의 마음에 대한 질책이었다.

제 8 장

핏빛 모래바람은 다시 사막으로

천극의 서

백연이 금천우에게 물었다.

"그 말, 진심이셨습니까?"

그 순간, 천풍에 대한 실망으로 그대로 등을 돌려 버린 금천우였다.

'다음에 만났을 때도 지금과 같다면 그때는 내가 네놈의 목을 벨 것이다.'

십 년 만의 반가운 재회 뒤에 남긴 것은 살가운 인사말이 아니라 그처럼 살벌한 경고였다.

백연이 진심이냐고 물은 것도 바로 그 경고에 대한 것이었다.

금천우가 반문했다.

"진심이 아니면?"

"그러나 아까운 아이입니다."

"이봐, 내가 원한 건 괴물이지 악귀가 아니라고. 내가 세상에 악귀를 나게 했다면 그 책임 또한 당연히 내가 져야지."

진심이었다.

천풍이 정말로 악귀가 되어 버린 것이라면, 그리고 그것이 돌이킬 수조차 없는 지경이라면 천풍을 베는 것은 분명 자신일 것이다. 하지만,

'그렇게 될 리가 없지.'

어떤 연유로 해서 그처럼 사람을 죽이는 것에 무감각해져 버렸는지는 모르지만, 적어도 그를 보던 눈빛만큼은 올곧고 순수했던 어린 날의 그것과 조금도 다르지 않았다.

아마도 성장통일 것이다. 남들과 다르게 태어난 탓에 남들과는 다른 형태의 성장통을 겪고 있는 것뿐이리라.

'그보다…… 대체 그건 뭐였던 거지?'

대체 무슨 무공이기에 손에 닿는 모든 것이 그처럼 간단히 사라져 버린단 말인가?

"결의 무예라고 했었지?"

그 순간 노여움이 앞서 제대로 듣지 못한 것이 뒤늦게 후회가 된다.

사실 그가 서둘러 천풍을 등진 것도 천풍에 대한 실망 때문

이 아니었다. 결의 무예라는 것에 대한 어찌할 수 없는 호기심이, 그로 인해 꿈틀거리는 승부욕이 두려워서였다.

직접 자신의 검으로 확인해 보고 싶었다.

그러나 그리할 수 없었다.

결코 가벼운 마음으로 확인할 수 있는 것이 아닐 것이다.

십 년의 세월을 건너뛰어 그의 앞에 나타난 천풍은 결코 가벼운 마음으로 검을 겨눌 수 있는 상대 또한 아니었다.

죽이게 될지도 몰랐다.

그래서 돌아섰다.

그대로 천풍을 보고 있다가는 호기심을 주체하지 못할 것 같았다. 아니, 결의 무예라는 것을 직접 확인하고자 필경 천풍에게 검을 겨누게 되었을 것이다.

'그건 그것대로 나쁘지 않지만…….'

하지만 아직 설익었다.

서두르고 싶지 않았다.

조금 더 시간을 들이고 싶었다. 그리하면 정말로 즐거울 수 있을 것 같았다.

'그때의 그 꼬맹이가 벌써 이 몸을 두근거리게 할 만큼 성장을 했단 말이지?'

벌써 이렇게 설레는 것을 보면,

'어쩌면 다음에 만날 때는 악귀가 되었든 그렇지 않든 상관없이 그놈을 베게 될지도 모르겠군.'

다음이라는 것이 멀면 멀수록 좋겠다는 생각을 했다.

그때 백연이 불쑥 말했다.

"그러고 보면 현천과 닮았습니다."

금천우가 의아히 물었다.

"현천과 닮았다니?"

"현천이 신비살수라 불리게 된 배경 말입니다."

순간, 백연의 말뜻을 바로 알아차렸다.

살수에게 신비라는 두 글자는 더없이 잘 어울리지만 또한 같이 붙일 수는 없는 것이었다. 얼굴을 감추고 이름을 감추고 그림자마저도 감추어야 하는 살수에게 신비라는 단어는 너무도 당연한 것이기 때문이다.

그러한대도 현천의 이름 앞에는 신비라는 두 글자가 붙어 있다.

이유는 간단했다. 현천의 이름 앞에 붙은 신비는 현천을 가리키는 것이 아니었던 것이다.

현천의 이름 앞에 붙은 신비 두 글자는 현천이 아니라 현천에게 죽은 자들을 위한 것이었다.

흔적도 없이 사라졌다.

피 한 방울 남지 않았다.

천풍에게 죽은 복면인들이 그러했듯이 현천에게 죽은 자들 모두가 원래부터 없었던 사람인 양 그렇게 신비롭게 사라져 버렸다.

"그래, 그렇군. 현천과 닮았어. 그렇다는 것은 역시 풍파결인가?"

"천극지상이 가진 특별한 재능일 수도 있습니다."

"아니면 둘 다일 수도 있고. 하긴, 그게 중요한 게 아니지. 정말로 중요한 것은 결의 무예가 과연 내 검을 울게 할 수 있느냐겠지."

"기대치가 너무 높습니다."

"무슨 소리. 십 년 전 꼬맹이 적에 이미 내가 적수로 인정한 놈이야. 그 정도도 못 해 준다면 오히려 내 눈이 민망하지."

새삼 천풍과 다시 재회할 날이 기다려진다.

다행인 것은 그때까지가 그리 지루하지만은 않으리라는 것이다.

"시끌벅적해지겠구먼."

도문이 무너졌다.

"정파가 칼을 들겠지요."

정사 간에 힘의 차이야 명백했다. 정사 어디에도 속하지 않은 도문과 검문으로 인해 살얼음판 같은 줄타기가 계속되어 왔을 뿐이다. 한데, 무림을 지탱해 오던 힘의 균형에 균열이 생겼다.

"소림과 무당도 봉문을 깼고. 아마 지금 가장 똥줄이 타는 것은 마황성의 그 소악귀일걸? 그래, 그러고 보니 진정한 악귀는 그놈이었지 참."

"그래도 서로 간에 쉽사리 도발은 못 할 겁니다. 자칫하다가는 본문에 어부지리를 내어주게 될지도 모르는 일이니까요. 문주님이 능히 천하를 말아먹고도 남을 분이라는 것을 마황성의 소악귀도, 그들 구파의 수장들도 익히 알고 있을 테니 말입니다."

"그래 봤자 시간문제야. 유일한 변수라고 한다면 도문을 친 그놈들이겠지. 도문의 독문절기인 연자류를 쓰던 것이나 구양수의 행동을 미루어 보면 놈들의 목적은 어디까지나 도문이었던 것 같지만 말이야."

아마도 석조명의 죽음을 끝으로 중원 무림에서의 일은 모두 마쳤을 것이다. 그리해 짐을 챙겨 주저 없이 그들이 왔던 곳으로 돌아갔을 것이다.

'구양수만 죽지 않았다면…….'

그러나 구양수가 죽었다.

짐작과는 달리 흉수의 꼭대기는 아니었지만 그 무게가 결코 가벼운 인물일 리가 없다.

무시할 수 없는 은원이 생겨 버렸다.

의도했던 바였다.

금천우가 구양수를 쫓은 것도, 그를 단칼에 베어 버린 것도 도문의 부채를 떠안으려 한 것이 아니라 실은 그 한 자락 은원을 남기기 위함이었다.

'이제야 무림이 조금 재미있어지려는데 그 중 가장 큰 재미

를 그냥 놓쳐 버릴 수는 없는 일이지.'

과연 그들이 어떤 방식으로 그 은원을 해결하려 할지는 그로서도 알 수 없는 일이다. 직접 자신을 찾아와 칼을 들이댈 수도 있고 도문에게 그랬던 것처럼 검문을 상대로 도발을 해올 수도 있었다.

'그건 그것대로 즐겁겠지만…….'

하지만 뭐니 뭐니 해도 금천우가 가장 바라 마지않는 것은 그들의 칼끝이 중원 무림 전체를 향하는 것이었다.

'그 구양수라는 늙은이가 꼭대기였으면 필경 그리되었을 텐데 말이야.'

아쉬움에 입맛을 다셨다.

그래도 역시 기대가 된다.

구양수를 잃은 그들이 과연 어떻게 나올까?

구양수와 수하 일흔 명의 목숨 값이 과연 얼마만큼의 가치로 나타나게 될까?

* * *

"태대로가 죽었다?"

서탁 앞의 사내가 그렇게 반문했다.

소식을 가져온 것은 남양 지부의 생존자인 비신대주 벽우(碧雨)였다.

"검문주 금천우였다고 합니다."

"혹시 석조명이 생각보다 강했던 것이냐? 그래서 검문주와 싸우기 전에 큰 상처라도 입었던 것이 아니냐?"

"아닙니다. 태대로께서 도문주 석조명을 베는 데는 고작 일곱 합이면 충분했습니다. 도문주 석조명은 예상대로 태대로의 상대가 되지 못했습니다."

"한데도 검문주의 검에 죽임을 당했단 말이냐? 고작 일각도 버티지 못하고?"

일각은커녕 도망쳐 나온 수하의 말에 따르면 반에 반각도 걸리지 않았다고 한다.

"금천우라…… 중원 무림에 태대로를 죽일 수 있는 자가 존재했다니, 믿을 수 없는 일이군."

믿기지 않는 것은 벽우 역시 마찬가지였다. 그 역시 태대로의 죽음 소식을 들었을 때 도무지 현실로 생각되지가 않았었다. 헐레벌떡 달려와 그 소식을 자신의 주인에게 알리고 있는 지금 이 순간에도 도무지 현실 같지가 않았다.

한데, 주인의 반응이 그가 생각했던 것과는 사뭇 달랐다.

구양수의 죽음을 비통해할 거라 생각했다. 구양수를 죽인 금천우를 향해 지옥불과도 같은 진노를 터트릴 거라 생각했다. 한데,

"차라리 잘됐군."

너무도 간단히 체념해 버린다. 아니, 체념이랄 수도 없었다.

그의 주인은 정말로 잘되었다는 얼굴을 하고 있었다.

"석조명을 베는 것으로 그분과의 약조는 끝이 났지만, 아무리 생각해도 그것만으로는 우리 일문의 지난 백 년을 보상받기에는 턱없이 부족하단 말이야. 고작 도문 하나로 지워 버리기에는 우리 일문을 사막의 모래바람 속에 버려둔 채 그동안 철저히 외면하고 계셨던 그분에 대한 원망이 너무 크거든."

더구나 도문을 치면서 생각지 못했던 희생까지 치렀다. 그것도 도문이 아니라 도문과는 아무 상관도 없는 자들의 가소로운 정의심 따위에.

"역시 그 분과 약조를 다시 해야겠어. 삼대로 하나로는 그분을 설득시키기에 부족했겠지만, 그분의 마지막 가복인 태대로의 목이라면 그분도 망설임을 버리시겠지. 그래, 잘됐어. 차라리 잘된 일이야."

잘된 일이라 연방 중얼거리던 주인이 문득 생각났다는 듯 벽우에게 물었다.

"그나저나 거기에 또 그자가 있었다고?"

벽우는 주인이 말하는 '그자'가 누군지 바로 알아차렸다.

모를 수가 없다.

아직도 그날의 일을 생각하면 소름이 돋는다.

"대체 무슨 목적이지?"

도문의 남양 지부에서 삼대로를 비롯해 비신대의 정예 넷을 죽였고 소림에서는 그를 쫓던 비신대 정예 여섯이 자결을 했다. 그것만으로도 용서 못 할 일인데 이번엔 그들 일문의 수하 칠십 명이 그자의 손에 몰살을 당했다고 한다.

그것만 보면 마치 그들 일문을 쫓고 있기라도 하는 듯하다. 물론 백 년을 사막의 모래바람 속에 묻혀 지낸 그들 일문이 그런 자와 달리 연이 있을 리가 없다.

'아니면 도문과 무슨 모종의 관계라도 있는 자인가?'

그도 아니면 그저 중첩된 우연이 만들어낸 지독한 악연인 것일까?

"그자의 목적이 무엇인지는 모르오나 그자가 누구인지는 짐작되는 바가 있습니다."

벽우의 말에 그의 주인이 눈을 빛냈다.

"짐작되는 자라면?"

"무당파에서 작은 소란이 있었다고 합니다. 그 작은 소란의 원인이 되었던 것이 최근 중원 무림을 떠들썩하게 하는 천하오절의 제자이자 천절문의 문주 옥면신룡이었습니다."

옥면신룡이라면 그에게도 낯선 이름이 아니다.

옥문관(玉門關)을 넘으며 가장 먼저 들었던 이름이 천하오절이었고 옥면신룡이었다.

"그리고 남양에서의 사건이 있기 이틀 전, 무당신룡 진현과 당시 소림에 머물러 있던 신승 혜광, 그리고 옥면신룡이 동시에 무당파에서 종적을 감추었다고 합니다."

같은 날 종적을 감추었다. 그리고 이틀 후 진현과 혜광이 남양 지부에 나타났다. 그렇다면 그들과 같이 있던 자는 옥면신룡이 확실할 것이다.

현 무림 최고의 신흥 세력이라는 천절문의 주인이라면 삼대로를 죽이고 수하 칠십 명을 몰살한 것도 부족하나마 어느 정도 납득이 된다. 그런 한편으로 문도 수가 무려 오만에 육박하는 거대 문파를 등에 업고 있다는 것이 부담도 된다. 하지만 무엇보다 그의 마음을 무겁게 하는 것은 천하오절이다.

그들의 제자가 정말로 삼대로를 일수에 죽일 만큼 강하다면 그들은 대체 얼마나 더 대단하다는 말인가?

옥면신룡에 천하오절, 거기다 금천우까지.

'내가 너무 안일하게 생각했나 보군.'

중원 무림을 너무 만만하게 봤다. 왜 그들 일문의 선조들이 중원 무림을 용담호혈이라 하며 경계하였는지를 새삼 알 것 같았다.

다시 생각해 보면 안일함의 대가치고는 오히려 천만다행일 정도로 희생이 적었던 셈이다.

'톡톡히 공부를 했어.'

조금도 위축되지 않았다.

오히려 호기가 들끓었다.

두 번의 실수는 없다.

철저히 준비를 해서 돌아올 것이다.

그리고 무엇보다,

'다음에 옥문관을 넘을 때는 그분도 함께할 것이다.'

그리해 그날, 중원무림을 한바탕 핏빛으로 물들였던 사막의 모래바람은 그렇게 다시 사막으로 돌아갔다.

제9장

출중한 능력과 능숙한 처세는 성공의 지름길

천극의 서

한편, 금천우에게 호되게 질책을 당한 천풍은 꼬박 하루가 지나도록 그 충격에서 벗어나지 못하고 있었다. 마치 넋이 나간 사람 같았다. 먹지도 자지도 않고 목적지도 없이 발길 닿는 대로 걸었다.

아직도 어제 그 순간의 감각들이 고스란히 남아 있다.

살의도 살기도 없이 복면인들을 죽였던 그때의 그 감각…… 아니 감각이랄 것도 없었다. 손끝에 닿는 감각도, 무기력하게 사라지던 복면인들에 대한 감정도 너무도 무감각하고 무덤덤했다.

돌이켜 보면 처음부터 그랬던 것은 아니다. 도문의 남양 지부에서 처음으로 사람을 죽였을 때, 그때는 분명 어제와는 달랐다.

죄책감도 죄악감도 아니었지만, 오히려 생사를 관장하는 절대자가 된 것마냥 오만했고 살인귀처럼 살인에 대한 갈증마저도 느꼈지만, 심지어 복면인의 눈동자에 비친 자신의 눈은 소름 끼치도록 섬뜩한 광기마저 머금고 있었지만 그래도 그때는 적어도 사람의 마음이 있었다.

금천우의 말처럼 정말로 악귀가 되어 버린 것일까?

아니면, 악귀가 되어 가고 있는 것일까?

사람을 죽이기 전의 자신과 지금의 자신은 또 얼마나 어떻게 달라진 것일까?

그 같은 생각들로 머릿속이 온통 뒤죽박죽이다.

그렇게 하루를 보냈다.

장강의 밤 풍경을 하염없이 바라보기도 했고 동호에 들러 잔잔한 수면에 자신의 얼굴을 비춰 보기도 했다. 그렇게 다시 아침이 되고 문득 정신을 차려 보니 눈앞에 황학루가 있었다.

하지만 그것은 그제 본 황학루와는 전혀 다른 것이었다.

'여기서 조금 더 가면 황구산이라는 곳이 있는데 그곳에 있는 황학루가 진정한 황학루라 할 수 있습니다.'

분명 마립이 말했던 황학루가 바로 이것일 것이다.

굳이 다른 곳과 비교하지 않더라도 한눈에 알아볼 수 있을 만큼 어마어마한 규모였다. 마립의 말대로 누각이 아니라 차라리 성이라 해야 맞았다. 삼 층 망루에서 보면 장강 너머 강서 땅이 한눈에 다 들어온다고 했던 그 말 또한 허풍도 과장도 아닐 듯싶었다.

하지만 황학루의 그 아름답고도 장엄한 경관도 지금 천풍의 마음에는 들어오지 않았다. 오히려 그 순간 천풍의 마음을 움직인 것은 황학루의 경관이 아니라 입구 옆 비석에 새겨진 시 한 구절이었다.

황학루(黃鶴樓)

최호(崔顥)

昔人已乘黃鶴去 석인이승황학거
此地空餘黃鶴樓 차지공여황학루
黃鶴一去不復返 황학일거불부반
白雲千載空悠悠 백운천재공유유
晴川歷歷漢陽樹 청천력력한양수
芳草萋萋鸚鵡洲 방초처처앵무주
日暮鄕關何處是 일모향관하처시
煙波江上使人愁 연파강상사인수

선인은 이미 황학을 타고 가 버리고

이곳에는 쓸쓸히 황학루만 덩그러니 남았구나
한 번 간 황학은 다시 오지 않는데
흰 구름 천 년을 유유히 떠다니네
맑게 갠 날 강물에는 한양의 나무들 또렷이 비치고
앵무주에는 향기로운 풀들만 무성하구나
해는 저무는데 고향은 어디인가
장강에 자욱한 물안개에 시름만 깊어지네

유유자적한 것 같으면서도 쓸쓸하고, 허허로운 것 같으면서도 푸근한 것이 묘하게 마음을 울린다. 그리고 천 년을 이야기하는 구절을 보고 있자니 지금 머릿속에 가득한 고민들이 하잘것없이 느껴지기도 한다.

신기하게도 마음이 한결 가볍다. 머릿속도 한결 개운해진 느낌이다. 그래서일까? 눈앞에 펼쳐져 있는 황학루의 경관이 새롭게 다가왔다.

그제야 온전히 그 아름다움이 눈에 들어왔다.

'그래서 이 시를 입구에 새겨 둔 건가?'

황학루의 아름다움과 시의 정취가 어우러지니 보이지 않던 것이 보이고 보이던 것이 새로워진다.

'하면 내 마음에도 뭔가 다른 것이 어우러지면 생명이 지금과는 또 다르게 보이지 않을까?'

그러고 보면 죽이고자 하는 마음이 더해져 그전까진 보이지 않던 맺음의 결을 볼 수 있게 되었다.

그럼 혹시 생명을 하잘것없이 보게 된 것도 실은 죽이고자 하는 마음이 어우러졌기 때문은 아닐까?

'그럼 죽이고자 하는 마음만 버리면 되는 건가?'

아니면 살리고자 하는 마음을 가져야 하는 것일까?

죽이고자 하는 마음을 가지자 맺음의 결이 보였다.

살리고자 하는 마음을 가지면 그럼 뭔가 또 다른 것을 볼 수 있게 되는 것일까?

잠시 개운해졌던 머리가 다시 복잡하게 얽혀들었다.

생각을 하면 할수록 점점 더 복잡해져서는 제멋대로 뒤엉켰다. 결국에는 뒤죽박죽 엉망이 되어서는 자신이 무슨 생각을 하는지도 점차 알 수 없게 되어 버렸다.

그야말로 횡설수설이 따로 없다.

결국 머리를 거칠게 흔들며 생각을 접었다.

그냥 높이 우뚝 솟아 있는 삼 층 망루에서 경치나 구경하자 싶었다. 그리해 황학루의 문을 넘으려는데,

"어이쿠! 이거 소 대인이 아니십니까?"

저 멀리 황학루에서 나오고 있던 대머리 중년인이 반갑게 손을 흔들며 달려왔다.

"소인을 모르시겠습니까? 저, 소흥의 전장에서 뵈었던 오덕양입니다!"

물론 기억을 하고 있다. 청무도장의 수리비를 충당키 위해

염가상단의 지분을 들고 찾아갔던 전장의 점주였다. 그때의 과도한 친절도, 사람 좋던 인상도 아직 기억에 생생했다.

"한데 여긴 어쩐 일이신지……?"

소흥에 있어야 할 오덕양이 왜 이곳 무한에 와 있는 것일까?

"아, 이런, 먼저 인사부터 올려야 하는 것인데…… 소인, 지금은 무한 지부에 있습니다."

"예?"

"이게 다 대인의 은공이십니다."

"예?"

"대인이 아니었으면 오늘날의 저는 있지 못했을 것입니다."

"예?"

오덕양은 감격에 차서 말을 했지만 도통 영문을 모르겠는 천풍이다.

"그러니까 그때 대인께서 소인을 찾아 주신 덕분에 일개 전장의 점주였던 제가 무한 지부의 지부장까지 오를 수가 있었단 말이지요. 그저 대인이 청무도장에 머물러 계신다는 것을 총단에 전한 것뿐인데 말입니다. 단주님께서 직접 소인을 불러 무한 지부의 지부장으로 승급을 시켜 주실 때는 정말이지 저도 깜짝 놀랐습니다."

그제야 좀 알아들을 수가 있었다.

오덕양은 지금까지도 자신의 벼락출세를 잘 이해 못 하겠다는 표정이었다. 자신이 세운 공이 그만한 출세를 할 만큼 대단한 것이었는지 아직도 어리둥절해하는 기색이 역력했다.

그도 그럴 것이 천풍은 상단의 지분 삼 할을 가지고 있었다. 삼 할의 지분을 가진 자가 나타났으니 총단에 알리는 거야 너무도 당연한 일이었다. 공이랄 것도 없었다.

하지만 그 너무도 당연한 일로 인해 무림대회가 열렸고 그로 인해 천절문이 탄생했다.

그것이 염가상단에 미친 영향을 생각하면 결코 작은 공이 아니었다. 오히려 무한 지부의 지부장 자리가 부족할 지경이었다.

염가상단의 비원을 이뤄 준 것은 물론이고 무림의 판세마저도 바꿔 놓질 않았는가 말이다.

그럼에도 그저 벼락출세에 희희낙락해 있는 것을 보면 천풍이 옥면신룡이라는 것까지는 알지 못하는 모양이었다.

"자자, 여기서 이럴 게 아니라 저희 지부로 가시지요. 소인이 오늘 대인께 입은 은공을 천만분지 일이라도 갚아 드리겠습니다."

천만분지 일치고는 지나치게 호화찬란한 상이었다. 온갖 산해진미가 한 상 가득하다 못해 상다리가 휘어질 지경이었고, 그렇게 휘어질 지경의 상이 넓은 방 안을 가득 채우고 있었다. 모르긴 몰라도 천하에 내로라하는 대식가 열 명이 붙어도 다

해치우지 못할 것이다.

'이게 천만분지 일이면 내 은공 다 갚기는 애당초 글러 먹었군.'

무한 지부 아니라 염가상단의 재정을 전부 쏟아부어도 모자랄 판이다.

"자, 이게 말입니다. 소인이 특별히 아끼고 아끼는 술인데 바로 그 유명한 강소성의 특산 양하대곡(洋河大曲)이라는 놈입니다. 오늘 대인을 위해 특별히 뚜껑을 열겠습니다."

오덕양이 자랑스레 술병을 흔들어댔다.

천풍이 급히 손사래를 쳤다.

"술은 됐습니다."

장경각에서의 일을 기억해낸 후로 술이라면 학을 뗐다. 목에 칼이 들어오는 한이 있더라도 다시는 술을 입에 대지 않기로 결심을 했다.

그때처럼 취하기라도 하면 도저히 감당이 안 된다. 그때는 천만다행히도 책으로 끝이 났지만 앞으로도 책일 거라는 보장이 없다. 사람이 될 수도 있었다. 사람 죽이는 일이 무섭도록 간단해져 버린 지금이라면 더욱 그러했다.

어쩌면 그 첫 번째가 오덕양이 될 수도 있었다. 그런 줄도 모르고 천풍의 거절에 아쉬워 입맛을 다시는 오덕양이다. 하지만 이내 아쉬움을 접고 화제를 돌렸다.

"그러나저러나 대인께서 무한에는 어쩐 일이십니까?"

"그냥 좀 볼일이 있어서……."

"그럼 혹시 도문의 일은 들으셨습니까?"

어디 들었다 뿐이겠는가. 그 현장을 직접 목격하기도 했다. 게다가 어제 하루 발길 닿는 곳마다 온통 그 이야기뿐이었다.

"지금 그 일 때문에 저희 상단도 온통 난리입니다."

"염가상단은 왜?"

"그야 도문이 멸망했으니 호북과 섬서의 상권이 완전히 무방비 상태가 되어 있고, 그 무방비 상태의 상권을 저희 상단이 먹기 위해서죠. 소인이 이 아침에 황학루에 갔었던 것도 이곳 무한 땅의 상권이 황학루를 중심으로 이루어져 있기 때문에 그것을 살피고자 함이었고요."

그러고 보니 그 같은 천절문의 움직임은 이미 섬서 장안에서도 들었었다.

"말이 나왔으니 말입니다만, 손 안 대고 코 푼다고, 잘만 하면 무혈입성도 가능한 상황입니다. 계획대로만 잘 진행이 되어 준다면 호북과 섬서 두 개 성의 상권을 모두 장악할 수가 있다는 말이지요. 그리고 그리되면 저희 염가상단은 단숨에 명실공히 중원 제일로 올라서게 될 것입니다."

생각만 해도 흥분이 되는지 주먹까지 불끈 쥐어 보인다.

그러나 천풍은 그다지 탐탁지 않았다.

장사치가 의보다는 이를 따르는 것이 뭐가 그리 대수랴마는, 그래도 수천 명이 죽었다. 그 수천의 죽음을 애도하기는커녕 혼백이 채 다 빠져나가기도 전에 그것을 발판으로 삼아 이득을 취하려는 염가상단의 행동이 그리 좋게 보이지 않는 것이다. 더구나 장안에서 전해 들은 염가상단과 천절문의 무도함은 여전히 마음 한편에 불편함으로 남아 있었다.

그러다 보니 지금의 자리마저도 편치가 않았다.

오덕양의 여전히 과도한 친절과 과분한 대접도 그저 부담스럽기만 했다.

이런 진수성찬보다 만두와 육포로 끼니를 때웠던 여산삼귀와의 여정이 차라리 더 즐거웠다.

'가만! 지금 내가 이러고 있을 때가 아니잖아?'

까맣게 잊고 있었다.

'그럼 저희는 풍천을 데리고 객잔으로 돌아가 대협을 기다리겠습니다.'

생각이 여산삼귀에 미치자 그제야 그 말이 기억이 났다.

벌써 하루가 넘게 지났다. 도문이 그 같은 참변을 당한 상황에서 만 하루가 넘도록 연락이 끊겼으니 걱정이 여간 아닐 터였다.

급히 몸을 일으켰다.

"왜 그러십니까?"

천풍의 갑작스러운 행동에 오덕양이 의아해하며 물었다.

"중요한 약속이 있는 것을 깜빡했습니다."

"아무리 그래도 식사라도 다 하시고 가시지요?"

"아닙니다. 지체할 일이 아니라…… 게다가 덕분에 요기는 충분히 되었습니다."

"그렇다면 할 수 없는 일이지만……."

오덕양이 못내 아쉬워한다.

그 모습을 보니 또 괜스레 미안한 마음이 들기도 했지만 그렇다고 불편한 자리를 더 이어 가고 싶지는 않았다. 무엇보다 여산삼귀를 그대로 더 기다리게 할 수는 없는 노릇이었다.

그리해 오덕양의 만류를 뿌리치고 무한 지부를 나서는데, 문득 궁금했던 것이 생각났다.

"혹시 도문에 생존자는 없었습니까?"

"비록 얼마 되지는 않지만 생존자야 왜 없겠습니까. 한데, 누구 찾으시는 분이라도 있으십니까?"

"추도향 소저의 소식을 알고 싶은데……."

"추도향 소저라 하시면…… 일기도향 말씀이십니까?"

"예, 그분의 소식을 알고 계십니까?"

세상이 온통 지난밤의 혈사로 떠들썩했지만 정작 도문의 자세한 상황은 들을 수가 없었다. 고작해야 그날 그렇게 죽임을 당한 수가 도문주 석조명을 포함해서 무려 일천팔백 명에 이른다는 것이 그가 들은 전부였다.

당연히 추도향에 관한 것도 듣지 못했다. 그날 그의 시선이 닿는 곳에 그녀의 시신이 없었다는 것을 그나마 위안으로 삼고 있는 상황이었다.

한데, 상인의 정보력이란 역시 무시할 것이 아닌가 보다.

"일기도향이라면 아직 살아 있습니다."

오덕양이 확신에 차서 말했다.

"정말입니까?"

그 확신이 반가운 거야 당연했다.

"도문의 동향을 철저히 살피는 것이 소인의 가장 중요한 업무입니다. 일기도향이라면 차기 도문의 주인으로까지 물망에 오르고 있는 인재인데 그 정도 되는 인물을 소인이 놓칠 리가 없지요. 분명 일기도향은 지난밤의 혈사에 있지 않았습니다. 무슨 이유에선지는 모르지만 일기도향은 혈사가 있기 보름 전에 도문을 떠났습니다."

"도문을 떠났다면 지금 어디에 있는지도 알고 계십니까?"

"어디에 있는지는 모르지만 어디로 가는지는 짐작할 수 있습니다. 흉수들의 행적을 거슬러 추적하고 있다더군요. 그러니 아마 그 목적지는 사막의 신강이겠지요."

천풍은 새삼 염가상단의 정보력에 다시 한 번 놀랐다.

추도향의 행방을 그처럼 자세히 알고 있다는 것도 그랬지만, 흉수들의 근거지까지도 이미 파악을 하고 있는 것 같지 않은가.

"그럼 혹시 도문을 그리 만든 자들의 정체도 알고 계십니까?"

설마 하며 물었다.

아무리 봉문이 길었다지만 무림의 태산북두라는 소림과 무당조차 흉수의 정체에 대해서는 파악하지 못했었다. 어제 금천우만 하더라도 그들의 정체를 알고 있는 낌새가 아니었다. 한데, 지금 천풍의 물음에 뭔가 망설이는 기색이 역력한 오덕양이다.

"알고 계시는 겁니까?"

"그게……."

망설임은 길지 않았다.

체념인지 처세인지 이내 어쩔 수 없다는 듯 조심스레 입을 열었다.

"대인께서 물으시니 말씀을 드리겠습니다만, 하지만 이건 단주님께 말고는 아무에게도 보고를 올리지 않은 극비 사안입니다."

그러니 입단속을 꼭 좀 부탁드린다. 그리고 앞으로도 잘 좀 봐 달라.

오덕양의 눈빛은 그리 말하고 있었다.

천풍이 고개를 끄덕이자 그제야 안심을 하고는 말을 이었다.

"물론 아직 확실한 것은 아닙니다만, 짐작건대 흑지(黑池)일 가능성이 높습니다."

"흑지라면……?"

처음 듣는 이름이다.

오덕양 딴에는 큰맘 먹고 의미심장하게 꺼내 놓은 것이지만 천풍에겐 그저 낯설기만 했다.

"무림에는 거의 알려져 있지 않은 곳입니다."

오덕양은 이미 그럴 줄 알았다는 기색이다.

"무림에는 잘 알려져 있지 않지만 흑지는 중원 무림 어느 문파보다도 그 역사가 오래된 곳입니다. 심지어 소림이 세워지기 전부터 사막의 혈랑들과 싸워 온 곳이라 하니까요. 하지만 오랜 역사에 비해 무림에 알려진 것은 불과 이백 년도 되지 않습니다."

그 이름이 처음으로 등장한 곳은 양주의 양가창문이었다. 도문이 당했던 것과 마찬가지로 양가창문도 하룻밤 사이 일가족이 몰살을 당하는 사건이 발생했는데, 당시 유일한 생존자였던 양가창문의 서자가 '사막의 모래바람'이라는 말과 함께 꺼낸 것이 흑지라는 이름이었다.

"하지만 그것 외에는 양가창문의 서자에게선 어떤 것도 들을 수가 없었다고 합니다. 흑지가 어떤 무리인지도, 양가창문이 흑지로부터 왜 그런 참화를 당하게 되었는지도……. 그 일을 조사하던 소림승이 답답한 마음에 가문의 복수를 위해서라도 협조를 해 달라 했더니 그가 하는 말이 또한 압권이었답니다."

'내 가족을 앗아 간 것은 천재지변인데 대체 어디에다 복수를 한단 말입니까?'

하늘을 향해 칼이라도 휘두를까? 하늘 좀 죽여 달라 청부라도 넣을까? 그도 아니면 하늘아 제발 좀 무너져라 그 잘난 부처님께 삼천 배라도 올릴까?

"양가창문이라면 당시만 해도 능히 오대세가와 어깨를 견주는 곳이었는데도 감히 복수할 엄두조차도 내지 못할 만큼 그 힘이 절대적이라는 뜻이었겠지요. 아무튼 조사 결과 흑지가 이번 도문 혈사의 가장 유력한 용의자인 것만은 분명합니다. 혐의점이 가장 높습니다. 물론 그들이 왜 도문을 노렸는지 그 이유나 목적까지는 알아낼 수가 없었지만 말입니다."

짐짓 그것밖에 알아낸 것이 없어서 송구스럽다는 표정을 지었지만, 거기에는 '자, 어떠냐?' 하는 우쭐거림이 있었다.

그럴 만했다.

실로 기대했던 것 이상의 것을 들었다.

오덕양이 다르게 보였다.

그저 자신 덕분에 운이 좋아 벼락출세한 자가 아닐지도 몰랐다.

원래부터 출중한 능력을 가지고 있었음에도 불구하고 그저 운이 나빠 일개 전장의 점주나 하고 있었던 것일지도 몰랐다.

'하긴, 염 단주님 같은 분이 아무에게나 무한을 맡겼을 리가 없는 건가?'

무한이면 위치상으로 염가상단이 강북으로 진출을 하는 데 있어 교두보가 되는 실로 중요한 곳이다. 그처럼 중요한 곳을 능력이 부족한 자에게 맡겼을 리가 없다.

'계기는 나였을지 모르지만…….'

오덕양이 무한 지부의 지부장이 된 것은 분명 그의 능력과 그 능력을 알아본 염장의 안목 덕분일 것이다. 이러니저러니 해도 흉수의 정체까지 파악을 하고 있지 않은가.

그렇다면 모르긴 몰라도 천풍이 옥면신룡이라는 것도 이미 알고 있을 것이다.

'모른 척하고 있는 것뿐인가?'

자신을 최대한 드러내지 않으려는 노련함일 수도 있고 천풍이 불편해할 거라는 것을 미리 눈치챈 것일 수도 있다.

'성공하겠군.'

출중한 능력에다 처세마저 이처럼 능숙하니 무한의 지부장으로는 끝나지 않을 거 같았다. 어쩌면 얼마 안 가 염가상단의 핵심이 되어 있을지도 모른다는 생각이 들었다.

어쨌거나 덕분에 배도 채웠고 좋은 정보도 얻었다. 거기에 덤으로 추도향의 소식까지 들었다. 더는 지체할 이유가 없다.

오덕양과 간단히 인사를 나눈 후 무한 지부를 떠났다.

멀리까지 뒤따라 나와서 연방 헤픈 웃음을 흘리던 오덕양이 마침내 천풍이 시야에서 사라지자 바쁜 걸음을 내질러 서둘러 무한 지부로 돌아왔다.

"우태야! 우태 있느냐!"

"부르셨습니까?"

우태가 달려 나와 그의 앞에 섰다.

"방금 가신 소 대인 말이다. 어디에 계시는지, 어디로 가시는지 네가 뒤를 좀 밟아야겠다. 그리고 총단에도 사람을 보내 소 대인이 이곳에 있다는 것도 알리도록 하고."

"예, 그리 조처하겠습니다."

언제나 충직하고 믿음직한 수하답게 그 즉시 움직이는 우태였다.

그런 우태를 보며 고개를 끄덕이는 오덕양의 얼굴에는 조금 전까지의 헤픈 웃음은 사라지고 없었다. 대신 그 얼굴은, 그 눈은 어떤 기대로 반짝이고 있었다.

그러고 보면 언제인가 지금과 비슷한 상황이 있었다. 그때도 천풍을 만났고 그때도 오덕양은 이 같은 얼굴을 했었다. 그리고 일개 전장의 점주에서 단숨에 무한 지부의 지부장이 되었다.

"혹시 다음은 총단의 요직에라도 앉게 되는 거 아냐? 이거 이거 곤란한걸? 출세가 너무 빠르면 시기를 많이 받게 될 텐데…… 그럼 너무 피곤해지는데……."

그다지 실현 가능성은 높지 않은 듯 보이지만 상상만으로도 흥겨운 기분을 주체 못 하겠는지 연방 히죽히죽 입꼬리를 실룩대는 오덕양이다.

* * *

오덕양이 그렇게 즐거운 상상으로 히죽대고 있을 때, 무한지부를 떠난 천풍은 전날 묵었던 객잔으로 바쁜 걸음을 옮기고 있었다.

다행히 그리 멀지 않은 곳이어서 금세 도착했다.

"대체 어디서 뭘 하다 이제 오시는 거예요?"

마화가 가장 먼저 천풍을 발견하고는 급하게 달려 나오며 투덜거린다.

아니나 다를까 그가 오기만을 기다리며 애를 태우고 있었던 모양이다. 하지만 그것은 천풍에 대한 걱정 때문이 아니었다.

"저희는 서둘러 장안으로 돌아가 봐야 할 것 같습니다."

마화의 뒤를 따라 나오며 마립이 근심에 찬 얼굴로 그리 말했다.

"금사원에 무슨 급한 일이라도 생겼습니까?"

"예, 아무래도 사달이 난 모양입니다."

"……?"

"염가상단에서 섬서를 먹어 치울 욕심으로 끝끝내 칼을 뽑아 들었다는군요. 지금 장안은 천절문의 횡포로 말이 아닐 지경이라 합니다."

제 10 장

천절문의 변질

천극의 서

장안으로 길을 돌린 것은 여산삼귀만이 아니었다.

천풍도 그들과 같이 길을 잡았다.

여산삼귀와 그동안 쌓은 정리도 정리인 데다 공자추와의 친분도 무시할 만한 것은 아니었다. 물론 천풍의 발길을 장안으로 이끈 가장 큰 요인은 염가상단과 천절문이었다.

사실 아직도 잘 믿기지가 않았다.

그가 아는 염장과 천무구룡은 아무리 생각해도 그렇게 무도한 자들이 아니었다.

아무리 사람이 변하는 것은 한순간이라지만, 자신도 그렇게 변해서 금천우에게 악귀라는 말까지 듣기도 했지만 그래도 역시 간단히 받아들여지지가 않는다.

직접 확인해 보고 싶었다.

딱히 무얼 어찌해 보겠다는 생각은 없지만 두 눈으로 확인이라도 해 두고 싶었다.

그렇게 따라나선 길이었다. 그리고 무한까지 왔던 시간을 거꾸로 거슬러서 장안에 당도했다.

그리해 보게 된 광경은 실로 가관이라고밖에는 표현할 길이 없는 것들이었다.

"이게 대체……?"

실로 어처구니가 없는 광경들이 장안 시내 곳곳에 펼쳐져 있었다.

아수라장이 따로 없다.

상점가마다 험상궂게 생긴 사내들이 입구를 막고 서서는 지나는 사람들을 위협하는가 하면 여인네들을 희롱하기도 하고, 개중에 술에 만취한 자는 한겨울인데도 속옷 하나만을 남긴 채 옷을 훌러덩 벗어 던지고는 고래고래 소리를 질러대기도 한다.

그 정도는 차라리 애교 수준이었다.

어느 객점 앞에는 '인분 팝니다' 라는 팻말을 붙이고는,

"인분 팝니다, 인분! 걸쭉하고 때깔 좋고 향기까지 좋은 최고급 인분 팔아요!"

음식을 파는 객점에서 구린내를 풍겨대며 호객 행위까지 하

고 있다.

그뿐이랴, 지옥도에 다름없는 거리를 지나 마침내 당도하게 된 금사원은 도대체가 옷을 파는 곳인지 뱀을 파는 곳인지 모를 지경이었다.

십여 명의 사내들이 보기만 해도 흉물스러운 각양각색의 뱀들을 손이나 목에 칭칭 감고서는 삼삼오오 모여 있는가 하면, 한편에는 팔뚝만 한 지네며 주먹만 한 거미며 할 것 없이 온갖 무시무시한 독충들을 좌판에 깔아 놓기도 했다.

처음에는 땅꾼들이 무슨 송년회라도 여는 줄 알았다.

천풍과 여산삼귀가 그런 황당한 풍경들에 어이없어하고 있을 때, 그들의 소식을 들었는지 금사원의 문이 열리며 공자추가 모습을 보였다.

한데, 그렇게 얼굴을 내민 공자추의 모습이 또 실로 가관이었다.

머리카락 반쪽이 사라지고 없었다. 북방의 어느 유목민 중에는 변발이라 해서 정수리부터 이마까지 앞뒤를 나누어 머리를 밀기도 한다지만 지금 공자추의 머리는 그것도 아니었다. 마치 깎다 말고 나온 것처럼 좌우로 나뉘어 우측만 반질반질하게 대머리가 되어 있었다.

"그 꼬락서니는 대체 뭔가?"

"말했잖은가. 이 꼴 저 꼴 다 보기 싫어지면 머리 밀고 절에나 들어갈 거라고. 그래서 지금 머리를 밀던 중이었지."

정말로 머리를 깎다 말고 나온 모양이었다.

"어쨌든 안으로들 들어오게. 어차피 절에 들어가 부처님을 모시게 되면 더는 마실 수도 없는 것이니 묵혀 둔 머루주나 오늘 같이 동을 내 버리세."

그리해 묵혀 둔 머루주와 간단한 안주들로 술상이 차려졌다. 하지만 정작 술에 관심이 있는 것은 마등뿐이었다. 술동이에 가득 차서 출렁거리는 머루주에 온통 시선을 빼앗겨 군침을 삼키는 마등과는 달리 모두의 눈은 처음부터 끝까지 공자추에게 머물러 있었다.

"대체 이게 다 무슨 일들입니까?"

천풍이 물었다.

각자의 술잔에 머루주를 부어 주던 공자추가 잠깐 손을 멈추고 천풍을 보았다. 한데 그게 하필이면 마등의 잔을 채우려던 순간이었다.

꿀꺽!

마등이 마른 군침을 삼켰지만 한 번 떠난 공자추의 손은 바로 돌아오지 않고 잠시간 허공중에 머물러 있었다.

상황이 상황인지라 분위기 파악 못 하고 조를 수는 없는 노릇이었다. 그렇다고 스스로 잔을 채우기에는 공자추의 손에 들린 그릇 외에는 따를 만한 마땅한 것이 없었다.

'뭐, 지금은 술이 중요한 게 아니니까.'

게다가 그 역시도 장안의 돌아가는 상황이 궁금하긴 마찬가지였다. 그래서 잠시 술에 대한 갈증을 눌러 참고 공자추의 말에 귀를 기울였다.

"무슨 일은 무슨 일이겠습니까. 우리가 장사를 못 하게 염가상단에서 수작을 부리는 거지. 우리를 고분고분하게 만들려는, 일종의 길들이기인 셈이지요."

"그럼 장안 시내에서 행패를 부리고 있는 자들이 모두 염가상단에서 고용한 사람들이라는 말씀입니까?"

"고용하고 말고 할 것도 없습니다. 어차피 천절문 놈들인데요, 뭘."

공자추의 말에 천풍이 이해가 안 간다는 얼굴을 했다.

"천절문이라면 명색이 무림의 문파가 아닙니까. 한데 어찌 저런 무뢰배들이 천절문의 문도가 될 수 있었단 말입니까?"

"천절문 명색이 무림의 문파인 것은 맞지만, 덩치만 컸지 제대로 된 무문이라고는 할 수가 없습니다. 정말로 무(武)에 뜻을 두고 천절문에 든 자들도 간혹 있지만, 그저 든든한 뒷배나 얻어서 위세나 떨어 보려는 자들이 대부분이죠. 그러니 온갖 별의별 놈의 잡놈들이 다 모인 것이고. 불과 몇 달 만에 문도 수가 오만에 육박하게 된 것도 온갖 별의별 놈의 잡놈들을 다 끌어모았기 때문에 가능했던 거죠. 하긴, 이름을 높이는 데는 오히려 방해가 되겠지만 당장에 돈을 불리는 데는 지금처럼 그런 잡놈들이 무림의 명숙들보다도 더 유용하게 쓰이긴 합니다."

답답하다는 듯 긴 한숨으로 말을 마무리 지은 공자추가 그 사이 비워진 마립의 술잔에 다시 술을 채웠다.

공자추에겐 답답한 현실이지만 천풍에겐 놀라움과 실망이었다. 아니, 실망을 넘어 배신감마저 들 지경이었다.

"그래서…… 그들이 이런 패악질까지 해서 얻으려는 것이 뭡니까?"

천풍의 질문은 이번에도 때가 좋지 못했다.

마립의 술잔에 술을 가득 따라 주고는 마화의 잔을 거쳐 마등의 잔으로 공자추의 손이 드디어 향하던 순간이었던 것이다.

공자추의 손이 다시 갈 길을 잃고 허공중에 멈췄다.

'으음…….'

울컥한다.

이젠 공자추의 말은 귀에 들어오지도 않았다. 마등의 시선은 오직 허공중에 멈춰진 공자추의 손과 그 손에 잡힌 그릇과 그릇에 담겨 있는 머루주에만 머물러 있었다.

그런 마등의 타들어 가는 속도 모른 채 천풍의 궁금증에만 친절한 공자추다.

"염가상단의 목적이야 일전에도 말씀드렸다시피, 우리를 자신들 상단으로 끌어들이려고 이런 수작질을 부리는 겁니다. 도문이 멸문지화를 당했으니 서안상단은 끈 떨어진 연 신세가 되어 버렸고, 그러니 현재 섬서 상권은 누구라도 주인이 될 수가 있는 상황입니다. 다시 말해 다른 상권이 끼어들 여지가 충분하다는 거죠. 그래서 이처럼 악착을 떨어대는 겁니다. 섬서 상권을 어떻게든 먼저 독점을 하려고 말이죠."

"이해할 수 없군요. 그렇게 욕심이 나면 이런 지저분한 방법이 아니라 차라리 무력을 동원하는 게 훨씬 간단하고 깔끔할 텐데요?"

"물론 그렇습니다. 실제로 무력을 사용하기도 했습니다. 그러나, 무력은 어디까지나 위협용일 뿐입니다. 그것이 도를 넘으면 다른 상단의 무력 동원에 명분이 될 수도 있으니까요. 자칫 구대문파라도 끌어들이게 되면 염가상단으로서는 그야말로 다 된 밥에 코를 빠트리는 격이구요. 그래서 이런 잡놈들을 동원해 이런 지저분한 짓을 벌이는 겁니다. 아무리 돈이 좋다 해도 구대문파의 고고하신 분들이 체면을 구겨 가며 이런 진흙탕 싸움에 발을 들이지는 않을 테니 말입니다."

"그럼 이제 어떻게 되는 겁니까?"

"사흘 후에 장안의 소상인들끼리 한 번 더 회합을 갖기로 했습니다. 모든 것은 아마 그때 결정이 날 겁니다. 염가상단으로 갈아탈지, 아니면 터무니없는 세금 때문에 이래 죽으나 저래 죽으나 마찬가지이니 죽기로 버틸지……."

"만일 버티기로 한다면 어찌 됩니까?"

"염가상단에서도 더는 시간을 끌 수가 없는 상황입니다. 듣기로는 개봉의 천지상단과 북경의 신주상단에서도 본격적으로 움직일 기미를 보인다고 하니까요. 그러니 그전에 다소 무리가 따르더라도 어떻게든 일을 마무리 지으려고 할 겁니다."

"다소의 무리라 하시면…… 결국 무력 동원입니까?"

"그렇게 되겠지요."

"흐음……."

천풍이 답답한 침음성을 흘렸다.

좌중의 분위기도 한층 더 무거워졌다.

"자자, 골치 아픈 얘기들은 그만하고 술이나 한 잔씩들 더 합시다."

공자추가 그렇게 분위기를 일순시키며 그 사이 비워진 술잔들을 다시 채워 갔다. 하지만 그렇잖아도 적잖은 책임감을 느끼고 있던 천풍인지라 공자추의 노력에 바로 응할 수가 없었다.

"실례가 되지 않는다면 사흘 후의 회합에 저도 같이 가면 안 되겠습니까?"

"안 될 거야 뭐가 있겠습니까만……."

공천우가 천풍의 의도를 모르겠다는 듯 고개를 갸웃한다. 당연히 여산삼귀의 술잔에 술을 채우던 그의 손도 또다시 허공중에 멈췄다. 한데 신의 짓궂은 장난인지, 아니면 그저 지독하게 재수가 없는 날인 건지 그게 또 하필이면 마립과 마화의 잔을 거쳐 마등의 술잔으로 옮겨 가려던 찰나였다.

그리 인내심이 강한 편이 아니다.

인내심이 강한 편이 아닌데도 두 번이나 참았다.

한계다. 세 번은 못 참는다.

결국 참다못한 마등이 그들의 대화를 자르며 버럭 소리를 질렀다.

"자추 형님!"

"응?"

난데없는 마등의 부름에 공자추가 그제야 멀뚱히 마등에게로 눈을 돌렸다. 그런 공자추를 향해 마등이 대뜸 자신의 술잔을 내밀었다.

"응?"

공자추가 자신 앞에 내밀어진 술잔과 마등을 멀뚱히 번갈아 본다.

마등이 다분히 위협적인 목소리로 말했다.

"여기 이 잔에 묵혀 둔 머루주를 채울 테요, 아니면 나랑 우리 사이에 묵혀 둔 지난 은원들을 지금 이 자리에서 살풀이나 한바탕 하실라우?"

"응?"

"그 남은 머리 반쪽, 내 손에 뿌리째 뽑히고 싶지 않으면 잔말 말고 얼른 술이나 따르라 이 말이오!"

*　　*　　*

그로부터 사흘이 지났다.

다행히 공자추의 머리가 뿌리째 뽑히는 일은 발생하지 않았다.

죽이네 살리네 하며 길길이 날뛰던 마등이었지만 술을 동이채로 안겨 주자 말 잘 듣는 강아지 새끼가 되어 꼬리까지 살랑살랑 흔들어댔다.

하지만 그렇다고 공자추의 머리가 멀쩡한 것은 아니었다.

완전히 밀었다.

자신의 처소를 걸어 나오는 공자추의 머리가 차가운 공기를 머금고 흩뿌려지는 아침 햇살에 눈이 부시도록 번쩍이고 있었다.

공자추도 공자추지만 천풍의 행색도 전날과는 달랐다.

"대체 그 죽립은 왜 쓰고 계신 거예요?"

마화가 죽립을 쓰고 있는 천풍을 보며 유난스럽다는 표정을 했다.

"딱히 얼굴이 알려진 것도 아니고, 가면 안 될 곳에 가는 곳도 아닌데 뭐하러 번거롭게 그런 걸 써요?"

물론 무림에 소문이 자자한 신마쾌도라지만 정작 얼굴이 알려진 건 신마 쪽이지 천풍이 아니었다. 무한, 그 먼 길을 오가는 동안에도 천풍의 얼굴이 문제가 되었던 적은 단 한 번도 없었다.

하지만, 신마쾌도의 얼굴이야 아는 사람이 그리 많지 않다지만 옥면신룡의 얼굴은 그렇지가 않았다. 적어도 이곳 장안에서만큼은 얼굴을 드러내고 다닐 처지가 아니었다. 자칫 천무구룡과 마주치기라도 한다면 여러 가지로 곤란해질 수가 있었다.

그래서 죽립을 썼다. 한데, 막상 쓰고 보니 여간 불편한 것이 아니다.

'차라리 복면을 할 걸 그랬나?'

마음 같아서는 그편이 나을 듯했지만 그랬다가는 가뜩이나 예민하고 날카로워져 있을 장안의 상인들에게 괜한 의심과 경계를 받게 될 수도 있었다.

"그럼 출발하죠. 아직 시간에는 여유가 있지만 미리 가서 분위기라도 살펴 두는 게 좋을 겁니다."

그리해 공자추와 천풍, 여산삼귀까지도 더불어 금사원을 나섰다.

금사원 밖은 여전했다. 여전히 땅꾼들이 어슬렁거리고 있었고 흉물스러운 뱀들도 전날과 마찬가지로 '쉬쉬 쉬쉬' 혓바닥을 날름거리며 오가는 사람들을 위협했다.

장안 거리라고 다를 게 없었다. 천절문의 잡놈들이 벌이는 패악질은 오히려 하루가 다르게 더 심해지고만 있었다.

그 사이 문을 닫아건 상점도 눈에 띄게 늘었다. 장안 거리를 오가는 사람들의 수도 급격히 줄었다.

"이런 상황인데도 어째서 관에서는 나서지 않는 것입니까?"

"벼슬아치들이라는 게 돈 몇 푼만 쥐여 주면 눈앞에서 살인이 일어나도 눈감고 귀 닫아 버리는 족속들인데, 그놈들에게 뭘 기대하겠습니까."

결국 어떤 방식으로든 상인들 스스로 자신을 지켜내는 수밖에 없다.

회합 장소는 장안 외곽의 어느 한적한 주점이었다. 워낙에 외진 곳이어서인지 천절문의 횡포가 거기까지는 미치지 않았다. 아마도 그래서 그곳을 회합 장소로 정한 모양이었다.

그들이 도착했을 때는 이미 많은 사람들이 삼삼오오 모여 앉아 주점 안을 가득 채우고 있었다.

임시휴업이라는 글귀가 적혀 있는 것을 보면 당연히 손님들은 아닐 것이다. 약속 시간보다 한참이나 이른 시간인데도 이렇게나 많이 모인 것을 보면 그들이 얼마나 답답하고 암울한 심정인지를 짐작할 수 있었다.

그럼에도 그리 어두운 얼굴들은 아니었다. 더러는 시름에 잠긴 표정이긴 했지만, 워낙에 산전수전 다 겪으며 거친 세파를 헤쳐 온 장사꾼들이라서 그런지 이런 상황에서도 기분 좋게 웃고 떠드는 자들도 있었고 반갑게 인사를 주고받으며 안부를 묻기도 한다.

"푸하하하! 공가 이 사람아. 그 머리 그거 대체 뭔가? 이 한겨울에 춥지도 않은가?"

"설마하니 장사 때려치우고 소림사에 들어가서 무공이라도 배우려는 건 아니겠지? 그런 거라면 나도 같이 감세. 나도 무공이라는 것 좀 배워서 천절문 그 썩을 개잡놈들한테 당한 거 분풀이라도 해야지, 이거 원 분통이 터져서 이러다 제명에 못 죽겠다니까."

그들이 주점 안으로 들어서자 여기저기서 공자추에게 말을 걸어왔다.

역시 공자추의 머리가 단연 화젯거리였다. 덕분에 시름에 잠겨 있던 사람들마저 걱정 근심을 잊고 그 순간만큼은 입가에 웃음 한 자락씩을 머금었다.

한데, 그러한 환대 속에서 걸음을 옮기는데 그들의 앞을 떡하니 막아서는 자가 있었다.

"어이, 공가 놈아! 정말로 장사 때려치우려는 거냐?"

사뭇 공격적인 어투로 따지듯 물어오는 사내는 행색이 조금 남달랐다.

인상 자체가 우락부락한데 거기에 더해 얼굴은 온통 멍투성이에 머리부터 왼쪽 눈언저리까지 붕대로 칭칭 감아 놓았는가 하면, 다리라도 부러졌는지 지팡이에 기대서 절뚝거리고 있었다.

"장가야, 네놈도 괜한 고생 하지 말고 이쯤에서 마음 접게나. 네놈이나 나나 성격상 이런 행패를 당하고는 하늘이 두 쪽 난다 해도 염가상단으로는 들어가지 않을 테고, 그렇다고 이대로 무모하게 버티다가는 목숨이 열 개라도 부지하기가 힘들고, 그냥 마음 편하게 다 버리고 나랑 같이 절에나 들어가세."

"흥! 무슨 그런 말 같지도 않은 소릴! 난 죽을 땐 죽더라도 이대로는 억울해서라도 절대로 포기 못 해! 내가 어떻게 일궈 온 터전인데 그런 패악 무도한 작자들 때문에 버려? 흥! 어림도 없다고! 죽일 테면 죽여 보라 그래!"

"그래! 그렇지! 우리한테 무슨 잘못이 있다고 우리가 우리 터전을 버린단 말이오? 나도 이대로는 목에 칼이 들어와도 절대로 포기 못 합니다!"

장가라는 사내의 울분에 찬 말에 여기저기서 동조의 목소리가 터져 나왔다.

하지만 동조의 목소리만 있는 것은 아니었다.

"그래도 먹고는 살아야 하지 않겠소? 차라리 내 목에 칼이 들어오는 거야 내 한목숨 죽으면 그만이지만 처자식을 굶겨 죽일 수는 없는 노릇 아니오? 그나마 입에 풀칠이라도 하고 살려면 지금으로서는 염가상단에 들어가는 것밖에는 달리 방법이 없지 않소?"

"그렇죠. 저희는 그 개잡놈들 때문에 아예 장사를 못 해서 고리채까지 끌어다가 근근이 처자식 먹여 살리고 있는 지경입니다. 비싼 세를 부담하더라도 그놈들을 좀 가게 앞에서 치워야지, 이대로는 도저히 버텨낼 재간이 없습니다."

딱히 회합의 시작을 알릴 필요가 없었다.

그렇게 의견들을 나누면서 자연스럽게 회합은 시작되고 있었다.

*　　*　　*

회합은 좀처럼 진척될 기미가 보이지 않았다.

서로 간에 틀린 말을 하는 것도 아니고, 게다가 각자의 입장들이 다 다르다 보니 의견을 하나로 모으는 것은 애당초 불가능한 일이 아니었나 싶었다.

아침에 시작된 것이 해가 중천에 떠오르도록 계속되었고, 점심 식사 겸해서 잠깐의 휴식을 가졌다가 이내 다시 이어졌다.

그러는 동안 천풍은 장가라는 사람이 지난번 회합에서 매질을 당했다는 그 유기장이 장가라는 것을 알았다. 지난번 회합이라는 게 보름도 더 전의 일이었는데도 아직 저런 상태인 것을 보면 정말이지 호되게도 당한 모양이었다.

'설마 천무구룡이 직접 손을 댄 건 아니겠지?'

추혼검 장치성이 그 자리에 있었다는 이야기만 들었을 뿐, 그가 직접 손을 썼는지는 듣지 못했다. 아무리 사람이 변했다고 해도 그렇게까지 변했을 거라고는 생각할 수 없었다.

'그래, 그렇겠지. 이 일이 아무래도 염가상단의 공무다 보니 내키지 않지만 어쩔 수 없이 얼굴을 내밀고 있는 것뿐일 거

야.'

천풍이 그러한 생각을 하는 중에도 시간은 쉼 없이 흘렀다.

가뜩이나 해가 짧은 겨울, 어느새 날이 어둑어둑해졌다. 그렇게 어둠이 내려앉을 때까지도 회합은 여전히 아무런 소득 없이 지루한 설전만 이어지고 있었다.

그렇게 지루하게 이어지던 회합에 변화가 생긴 것은 그때였다.

벌컥!

주점의 문이 열린다 싶더니 한 무리의 사내들이 들이닥쳤다.

험상궂은 인상들도 인상들이지만 허리춤에 도며 검이며 제각각 무기들까지 차고 있는 통에 회합장은 단숨에 살벌한 긴장감으로 물들었다.

그들이 천절문의 무리임은 굳이 묻지 않아도 알 수 있었다. 특히나, 그들 무리를 이끌고 있는 자는 천풍도 익히 아는 얼굴이었다.

추혼검 장치성.

하지만, 순간적으로 과연 자신이 아는 추혼검 장치성이 맞는지 의심이 될 정도로 변해 있었다.

얼굴 생김이야 당연히 그대로였다.

한데, 그 눈빛이며 분위기가 전과는 달라도 너무 달랐다.

눈빛만 놓고 보자면 부처님에게 시비를 거는 듯했던 십 년 전 금천우의 눈빛보다도 더 오만해져 있었고, 분위기 또한 도문 혈사의 현장에서 홀로 우뚝 서 있던 금천우의 그것보다 더 거만해 보였다.

거기다 행색도 몰라볼 정도로 변했다. 검소한 무사 차림이었던 지난날과는 달리 지금은 화려한 비단 장삼에 곳곳이 금빛으로 번쩍이는 것이, 검소한 무사 차림은커녕 어느 돈 많은 졸부의 행색에 더 가까워 보였다.

정말 같은 사람이 맞는지 눈을 깜빡여 다시 한 번 확인을 해 보는 천풍이다. 그리고 그에 대해 가졌던 생각을 수정했다.

'유기장이 장가라는 분에게 직접 손을 썼는지 어쨌는지는 모르겠지만, 단지 공무다 보니 내키지 않지만 어쩔 수 없이 얼굴을 내밀고 있는 것은 아니로군.'

이 자리에 모여 있는 소상인들을 탐탁지 않은 눈으로 둘러보는 그 눈빛에는 일말의 가책도 보이지 않았다.

"다들 어디로 갔나 했더니 쥐새끼들처럼 이런 곳에 모여들 있었군. 되도 않게 역적모의라도 하고 있었소?"

그 말투 또한 실로 무례하고 안하무인이다.

"뭐, 어쨌거나 잘되었어. 그렇잖아도 통보할 일이 있었는데 이렇게들 모여 있으니 두 번 세 번 입 아프게 말할 필요가 없겠어. 그래, 마음들은 정했소?"

장치성의 말에 아무도 선뜻 입을 열지 않았다.

의견을 모으지 못했기 때문에 달리 할 말이 없는 것도 없는 거지만, 지난번 유기장이 장가가 당했던 일을 직접 목격을 한 터라 다들 쉽사리 입을 열 용기를 못 내는 것 같았다.

"아무래도 아직도 마음들을 정하지 못했나 보군. 그럼 본문의 향후 계획을 알려 주도록 하지. 아마도 듣고 나면 결정을 하는 데 크게 도움이 될 것이오."

그렇게 운을 뗀 장치성이 좌중을 둘러보며 가소롭다는 듯 피식 실소를 흘렸다. 그 순간의 장치성은 마치 날개가 꺾여 바닥을 빙글빙글 돌고 있는 파리를 보는 듯한 눈빛을 하고 있었다.

언제든 잡아 죽일 수 있는, 그래서 언제 잡아 죽일까를 고민하는…….

그렇게 잠시간 기분 나쁜 정적이 흐르고 장치성이 입을 열었다.

"만일 내일 이 시각까지도 지금까지와 달라지는 것이 없다면 향후 이곳 장안에다 본문의 지부를 개설할 것이오. 상주할 인원은 삼천, 본문의 형제들이 하게 될 일은 지금과 같소!"

쥐죽은 듯 고요하던 주점 안이 그 순간, 웅성거림이 일기 시작했다.

그도 그럴 것이 현재 장안에 상주하고 있는 천절문도는 삼천은 고사하고 삼백도 채 되지 않았다. 그 삼백으로도 장안 시내가 온통 그 난리인데 삼천 명이 장안에 들이닥칠 거라고 한다. 지금 삼백이 하고 있는 일을 똑같이 하게 될 거라고 한다.

암담한 정도를 넘어 그야말로 사형선고에 다름 아니었다.

"아, 그리고 혹시나 해서 말해 두는데, 개봉의 천지상단이나 북경의 신주상단에 기대를 걸고 있다면 일찌감치 마음을 접는 게 좋을 것이오. 아무리 섬서 상권이 탐이 나도 이곳에 상주하게 될 본문 삼천 형제들과 진흙탕에서 같이 구르고 싶어 할 곳은 아무도 없을 테니까. 제 살 깎아 먹기인 진흙탕 싸움을 하게 되면 어느 쪽이 손해일지는 그들이 더 잘 알고 있을 테니 말이오."

그렇게 아예 좁쌀만 한 희망마저도 밟아 버린다.

"세상에 뭐 이런 시러베 잡것들이 다 있어!"

결국 터졌다.

"네놈들한테 애초에 상도의를 바라지도 않았지만 적어도 이렇게까지 사람 같지 않은 놈들인 줄은 몰랐다!"

그리고 그것을 터트린 것은 다름 아닌 유기장이 장가였다.

"그래! 해볼 테면 해 봐! 내가 어디 눈썹 하나 까딱할 줄 알아? 내가 이래 봬도 섬서 제일의 유기장이야! 사십 평생을 불구덩이 속에서 살아온 놈이라 이 말이다! 사십 평생을 이 주먹 하나로 불구덩이 속에서 일궈 온 내 터전을 네놈들 같은 사람 같지도 않은 시러베 잡것들한테 고스란히 갖다 바칠 것 같으냐? 네놈들한테 갖다 바칠 바에야 차라리 깡그리 불태워 버리고 만다!"

악에 받칠 대로 받쳐서 토해내는 울분은 주점 안 소상인들의 마음을 들끓게 하기 충분했다.

여기저기서 거친 원성들이 터져 나왔다.

겁에 질린 채 고개를 푹 떨어뜨리고 있던 자들도, 회합 중 염가상단에 대한 반기보다는 체념과 수용을 택했던 자들도 그 순간만큼은 하나로 뭉쳤다.

하루 온종일 이어진 회의에도 이끌어내지 못했던 단합이 지금 이 순간에 드디어 이루어진 것이다.

분위기가 한껏 고조되었다.

예상치 못한 거센 저항에 천절문의 문도들조차 당황한 기색이 역력했다. 그리고 그러면 그럴수록 상인들의 기세는 더욱 사나워졌다. 자칫 하다가는 상인들 손에 돌팔매질이라도 당할 분위기였다.

그때 장치성이 나섰다.

"그러니까…… 주먹 하나로 일궈 온 터전이라는 거지? 그래서 내놓을 수 없다?"

장치성이 유기장이 장가에게로 성큼성큼 걸음을 옮긴다.

유기장이 장가야 해볼 테면 해 보라는 눈빛으로 당당히 맞섰지만 다른 상인들은 왠지 모를 섬뜩함에 저도 모르게 움찔했다.

들끓던 분위기도 언제 그랬냐 싶게 잦아들었다.

그 사이 장치성이 유기장이 장가 앞에 이르렀다.

"그럼 간단하군. 그 주먹만 없으면 문제 될 건 아무것도 없다는 거니…….”

그야말로 찰나간이었다.

스릉.

검이 뽑히는가 싶은 순간,

서걱!

잘렸다.

툭!

…….

비명이 토해진 것은 잘린 손이 바닥에 떨어지고도 잠깐의 시간이 더 흐른 후였다.

“으……으아아악!”

유기장이 장가가 피 분수를 뿌려대는 자신의 손목을 붙잡고는 비명을 지르며 바닥을 구른다.

뭐가 어찌 된 상황인지 미처 파악 못 하고 멀뚱히 손이 떨어지는 광경을 지켜보던 상인들이 그제야 기겁을 하며 덩달아서 비명을 지르고 뒷걸음질을 쳐댄다.

그나마 천풍만이 사태를 일찍 파악하고 재빨리 유기장이 장가를 응급처치했다.

먼저 혼혈을 짚어 혼절을 시켰다. 그리고 분수처럼 피를 뿜어내고 있는 손목을 지혈하고 자신의 외투를 찢어 지혈된 손목을 단단히 묶었다.

장치성이 그런 천풍에게 잠시 눈길을 줬지만 죽립에 가려 얼굴을 보지 못한 탓에 대수롭지 않게 여기고는 이내 몸을 돌렸다.

침착히 대응은 했지만 사실 천풍이 받은 충격도 결코 작은 것은 아니었다.

장치성의 그 같은 잔악무도한 짓을 어찌 생각이나 했겠는가? 너무도 간단히 손목을 잘라 버리는 장치성의 냉혹한 손속에 실로 큰 충격을 받았다.

당연히 화도 났다.

그리해 유기장이 장가의 응급처치를 끝내고는 화를 참지 못하고 장치성을 불러 세웠다. 아니, 불러 세우려 했다. 그러나 한발 늦었다. 그곳에는 천풍보다 먼저, 그리고 더 많이 화가 난 자들이 있었다.

"야 이 개자식아! 거기 서!"

천풍보다 먼저 화를 터트린 것은 마등이었다.

워낙에 물불을 안 가리는 성격이다. 장치성이 등장하고부터 줄곧 그 거만하고 안하무인인 태도에 그렇잖아도 참고 보아주기가 힘들었던 참이다. 그런 차에 난데없이 피를 보게 되니 눈이 돌아가지 않을 도리가 없었다.

그렇잖아도 다혈질에 눈까지 돌아갔으니 상대가 천무구룡이건 뭐건, 자신보다 훨씬 강하건 그렇지 않건 앞뒤 재고 말고 할 것도 없이 장치성을 덮쳐 갔다.

마등이 뛰쳐나가자 마립과 마화도 거의 반사적으로 칼을 뽑아 들었다.

하지만 그들이 장치성에게 닿기도 전에 이미 장치성의 수하들이 그들의 앞을 막아섰다.

"그래, 이 천절문의 개잡놈들아! 네놈들 대갈통을 열어서 네놈들이 과연 사람 새낀지 개새낀지 오늘 한번 확인이나 해보자!"

싸움이 벌어졌다.

천절문의 개잡놈들은 십여 명이나 되었지만 장치성도 아니고, 그들로서는 여산삼귀를 당해내기엔 역부족이었다.

"크윽!"

"컥!"

천절문의 개잡놈들이 수적 우세에도 불구하고 일방적인 열세 끝에 하나둘 쓰러져 갔다. 그리고 그렇게 머릿수가 줄어들수록 여산삼귀의 기세는 더욱더 탄력을 받았다.

여산삼귀의 칼에 정신없이 내몰리는 천절문의 개잡놈들도 개잡놈들이지만, 이를 옆에서 보고 있는 장치성도 놀란 눈을 동그랗게 뜨고 있었다.

상인들의 회합에 무림인들이 끼어 있을 거라고는 생각지 못한 데다가 그 무림인들이 상당한 실력까지 갖추고 있으니 놀라는 것도 무리가 아니다.

자신의 수하들로는 당해낼 재간이 없다. 괜한 희생만 늘어날 뿐이다.

"물러들 나거라!"

그리해 수하들을 물렸다.

수하들이 뒤로 물러나자 이윽고 장치성이 그들에게로 걸음을 내디뎠다. 그러자 마등이 대뜸 앞으로 나서며 장치성을 마주했다.

"그래, 그렇지. 진즉에 네놈이 나왔어야지. 명색이 천무구룡이라는 놈이 졸개들 뒤꽁무니에나 숨어 있는 건 너무 쪽팔리잖아."

마등이 그렇게 도발을 했지만 장치성은 눈썹 하나 까딱하지 않고 그저 한 걸음을 더 내디뎌 간격을 좁힐 뿐이다.

그리고 마등과의 거리가 정확히 세 걸음을 남겨 뒀을 때, 아직 유기장이 장가의 피를 머금고 있는 검을 들어 올렸다.

순간, 마등의 얼굴이 딱딱하게 굳어졌다.

장치성이 그저 검을 들어 올린 것뿐인데도 어찌 된 건지 꼼짝을 할 수가 없다. 그렇다고 압도적인 기도에 기가 눌린 것도 아니고 무시무시한 살기에 전의가 꺾인 것도 아니다.

장치성의 검 때문이었다. 장치성의 검을 보고 있자니 도대체 어떻게 해야 할지 갈피를 잡을 수가 없다. 피해야 할지 공격해야 할지, 피한다면 어디로 피할지 공격은 또 어디를 노려야 할지…….

그냥 보고 있는 것만으로도 까마득하게 높은 철벽을 앞에 둔 양 눈앞이 깜깜해지는 기분이었다. 그 같은 기분은 바로 앞에서 마주한 마등만이 아니라 그 뒤의 마립과 마화도 똑같이 느끼고 있었다.

새삼 천무구룡의 이름이 새롭게 다가왔다. 아니, 천하오절의 무공이라는 것이 왜 그렇게 무림을 떠들썩하게 하고 있는 건지, 왜 오만 명이나 되는 사람들이 그 하나에 열광해 천절문의 개잡놈이 되어 버린 건지 비로소 어렴풋이나마 알 것 같았다.

절대로 마주해서는 안 되는 것과 마주해 버렸다.

하지만 깨닫는 것이 너무 늦었다. 그때는 이미 장치성의 검이 마등의 목덜미에까지 닿아 있었다.

도무지 어찌할 방법이 없었다. 그가 할 수 있는 일은 그저 다가올 죽음의 순간을 떠올리며 눈을 질끈 감는 것밖에 없었다.

'이런 개 같은!'

한데, 그렇게 죽음을 떠올리는 찰나 귀를 파고든 것은,

까앙!

살을 찢으며 파고드는 섬뜩한 파열음이 아니라 고막을 찢을 듯한 날카로운 쇳소리였다. 그리고 그와 동시에 마등을 속박하고 있는 무형의 올가미가 풀렸다.

'......?'

잠시 어리둥절해 있던 마등이 감았던 눈을 떴다.

가장 먼저 보인 것은 죽립이었다.

정확히 어떤 상황인지는 모르지만 천풍이 그를 구해 준 것이 틀림없었다.

뭐라 감사의 말이라도 하려는데 그전에 죽립 너머로 천풍의 목소리가 흘러나왔다.

"이만큼 했으면 됐습니다. 이제 그만하죠."

마등은 그 말이 자신에게 하는 말이 아님을 바로 알아차렸다.

분명 장치성에게 하는 말이었다.

한데, 어딘지 생면부지의 상대에게 하는 말투가 아니다.

'아는…… 사이인가?'

마등이 의아해하는 것처럼 당사자인 장치성도 의아한 눈으로 천풍을 보고 있기는 마찬가지였다. 하지만 여전히 죽립 때문에 천풍을 알아보진 못한다.

'어쩔 수 없나…….'

그 같은 시선 속에서 잠시 고민을 하는 천풍이지만 이내 더는 자신의 얼굴을 숨기고만 있을 상황이 아님을 판단하고 죽립을 벗었다.

"……!"

천풍의 얼굴을 확인한 장치성의 신형이 움찔하는가 싶더니 주춤 두어 걸음을 뒷걸음질친다. 그런 장치성을 보며 씁쓸한 미소를 머금는 천풍이다.

"오랜만입니다."

천풍의 인사에 장치성의 눈이 불신으로 흔들렸다. 그리고 그 불신은 이내 놀람으로 바뀌고 굳어진 얼굴 근육을 비틀어 헤집으며 입이 열렸다.

"옥면신룡……."

처음에는 모기의 날갯짓보다도 더 작은 소리였다. 그래서 아무도 알아듣지 못했다. 하지만 뒤이어 보다 선명한 목소리가 장치성의 입을 비집고 나오자 좌중은 그야말로 일대 혼란이 빠져버렸다.

"옥면신룡께서 어찌…… 어찌하여 문주님께서 여기에 계시는 겁니까?"

제 11 장

사문의 존장에 대한 도(道)와 예(禮)란?

'어찌하여 문주님께서 여기에 계시는 겁니까?'

놀람으로 가득 찬 목소리였지만 결코 반가움이 느껴지는 목소리는 아니었다. 천풍 또한 그를 반가워하기에는 너무 좋지 않은 모습을 봐 버렸다. 더구나 앞으로 나누게 될 대화 또한 화기애애하진 못할 터였다. 그리해 장치성의 안내를 받아 천절문의 임시 거처로 오는 동안 그들 사이에는 어색하고 불편한 정적만이 감돌고 있었다.

장치성이 안내해 준 천절문의 임시 거처라는 곳은 기루였다.

규모나 화려함만 보아도 장안에서 손에 꼽힐 만큼 유명한 기루라는 것을 짐작할 수 있는 곳이었는데, 그 안에서 기녀들과 희희낙락하고 있는 사내들 모두가 허리춤에 도검을 차고 있었다. 그런가 하면 왼쪽 가슴에 '천하'라는 문양이 새겨져 있는 것도 모두 같았다.

천절문의 문도였다.

기루 전체를 전세라도 낸 건지, 아니면 그들과 엮이고 싶지 않아 아무도 발길을 하지 않는 건지 이 층까지 눈에 보이는 자들이라고는 전부 천절문의 문도들뿐이었다.

장안 시내를 지옥도로 만들어 놓고 정작 그들은 이곳에서 기녀들을 끼고 무릉도원을 연출하고 있으니 기가 막힐 노릇이다.

"명예는커녕 욕만 잔뜩 먹는 그런 더러운 일을 시키면서 이만한 위로도 해 주지 않으면 누가 충성을 하겠습니까?"

천풍의 기색을 눈치챈 장치성이 그렇게 말했다.

"더러운 일이라는 걸 알면 시키지 않으면 되지 않습니까?"

"세상이라는 게 하고 싶은 일만 하고 살 수 있다면 얼마나 살기가 좋겠습니까?"

안타까움이나 답답함은 전혀 느껴지지 않았다. 그저 천풍을 순진하다는 듯, 한심하다는 듯 비웃는 말투였다. 그리고 그 눈빛도 여전히 오만방자했다.

그 사이 장치성의 거처에 도착했다.

"앉으십시오."

장치성이 처소 안 원형의 탁자에 먼저 자리를 잡고 앉으며 천풍에게 자신의 맞은편 의자를 가리켰다.

도란도란 마주앉아서 담소나 나누려고 장치성을 따라온 것이 아니었다.

천풍은 장치성의 권유를 무시하고 본론부터 말했다.

"장안에서 물러나십시오."

천풍의 말에 장치성이 천풍을 올려다본다.

놀랐다거나 의외라거나 하는 표정이 아니었다. 이미 그 말을 예상하고 있었다는 듯 태연히 고개를 젓는다.

"불가한 일입니다. 천절문 오만 식솔들의 생계가 달린 일인데 간단히 뜻을 접을 수야 없는 일이죠."

노골적으로 말아 올리는 입꼬리, 그 사이로 새어 나오는 실소.

보고 있자니 다시금 화가 치밀어 오른다.

아니, 아까 회합에서의 기억까지 더해져 화가 치미는 정도가 아니라 살심마저 끓어올랐다. 심지어 의식하지 못하는 사이 그의 눈은 장치성에게서 결을 보고 있기까지 했다.

만일 지금이라면 그 결을 잡아 비튼다 해도 금천우에게서 악귀라는 소리는 듣지 않을 것 같았다.

지금 천풍에겐 살의도 있고 살기도 있으니까.

하지만 참았다.

악귀도 되고 싶지 않지만 살인귀 또한 되고 싶지 않기는 마찬가지였다.

화를 꾹 눌러 참고 말했다.

"이렇게까지 해서 거두어야 할 식솔이라면 차라리 내치는 게 낫습니다."

"내친다고요? 천절문의 문을 닫아걸기라도 하라는 말씀입니까?"

"이런 식으로 세상에 해를 끼칠 거라면 차라리 문을 닫겠습니다."

"하!"

장치성이 실로 어이가 없다는 듯 헛웃음을 터트린다.

천풍은 그런 장치성을 무시하고 다시 힘주어 말했다.

"한 번 더 말씀드리지만, 천절문의 문도들을 데리고 즉시 장안에서 떠나십시오. 이건 천절문의 문주로서 내리는 명령입니다!"

당연히 천절문의 문주라는 지위까지 내세우고 싶지는 않았다. 하지만 장치성의 태도로 보건대 어떤 말로도 그의 마음을 돌리는 건 불가능해 보였다.

결국 무력을 내세울 수밖에 없는데 그건 더더욱 내키지 않았다. 그래서 최선의 방법을 찾은 게 천절문의 명단 가장 꼭대기에 올려져 있는 문주 옥면신룡이라는 이름이었다.

문주의 명이라면 장치성도 지금처럼 건방을 떨 수는 없을 거라는 계산이었다. 하지만 천풍은 천절문이 자신의 생각보다 훨씬 더 심하게 변질되어 있다는 것을 미처 간과하고 있었다.

"하!"

장치성이 보다 더 큰 소리로 헛웃음을 터트렸다. 그러고는 가소롭다는 눈으로 천풍을 올려다보았다.

"지금 천절문의 문주로서 내리는 명이라 하셨습니까?"

그 태도는 결코 일문의 문주를 대하는 태도가 아니었다.

"이름만 올렸다 뿐, 개파대전 때조차 얼굴 한 번 내밀지 않은 분께서 이제 와 문주로서 권리를 행사하시겠다? 분명히 말씀드리지만 문주라는 하잘것없는 직위 하나로 천절문을 어찌할 수 있을 거라는 생각은 일찌감치 버리시는 게 좋을 겁니다. 지금의 천절문을 만들어낸 것은 옥면신룡이 아니라 엄연히 우리 천무구룡입니다. 지금 저 밖에 있는 형제들에게 물어보십시오. 그들의 주인이 누군지, 천절문이 누구의 것인지 말입니다! 옥면신룡의 이름을 입에 올리는 자는 단 한 명도 없을 것입니다!"

목에 핏줄을 세우며 따지는 말에 천풍은 달리 반박할 말을 찾지 못했다.

장치성의 말은 하나도 틀린 것이 없었다.

그의 말대로 이름만 올렸다 뿐이지 문주로서 권리를 내세울 만한 그 어떤 일도 하지 않았다. 그런 주제에 지금에 와서 명령이니 뭐니 하는 건 천절문의 입장에서 보면 참으로 얌체 짓이 아닐 수 없다. 다만 한 가지, 그나마 내세울 것이라 한다면 천절문의 패악질에 정작 욕을 먹는 건 천하오절과 옥면신룡이라는 것이다.

하지만 세상에 해를 끼치네 어쩌네 해 놓고 이제 와 정작 자신이 욕먹는 거나 들먹이든 건 너무 면(面)이 서지 않았다.

그렇게 꿀 먹은 벙어리가 된 천풍은 장치성이 자신의 앞에서 왜 이토록 건방질 수 있는지 그제야 알았다.

언제든 천풍이 자신을 죽일 수 있다는 걸 장치성은 알고 있었다. 자신이 당해낼 수 없는 상대라는 걸 지난날 무림대회를 통해 뼈저린 교훈도 얻었다. 한데도 그의 앞에서 이렇게 건방을 떨 수 있는 것은 역시 등에 업은 세력 때문인 것이다.

천절문의 오만 문도.

비록 천풍이 그 가장 높은 곳에 이름을 올려놓고 있다고 해도 자신의 한마디면 그 오만 문도의 칼이 천풍을 향하게 할 수도 있다는 자신감인 것이다.

그만큼 천절문은 이제 옥면신룡의 이름 같은 건 상관이 없을 정도로 거대한 괴물이 되어 버렸다. 그리고 그 거대해진 괴물을 등에 업고 천무구룡도 또한 괴물이 되어 가고 있었다.

"분명히 말씀드리지만 천절문의 주인은 우리 천무구룡입니다. 그 선만 넘지 않으신다면 문주께선 천절문의 문주로서 누릴 수 있는 모든 것을 누리게 될 것입니다. 무림대회 때, 우리 천무구룡은 옥면신룡을 천하오절의 전인으로 인정하고 사문의 존장으로 그 예와 도를 다할 것이라 했던 맹세는 아직도 유효하니까 말입니다."

이젠 아주 선심이라도 쓰듯 한다.

그러고 보면 무림대회 때, 천무구룡이 천풍과 한바탕 드잡이질을 벌인 후 그런 맹세를 했었다.

"그리고 이건 충과 성을 다하는 천절문의 문도로서 부탁드리는 건데, 어떤 연유로 이곳의 상인들과 어울리고 계신 건지는 모르지만 이유가 무엇이 되었든 더는 관여치 마시고 섬서 땅을 떠나십시오. 그래도 세상은 옥면신룡을 천절문의 주인으로 알고 있는데, 그 주인 된 자와 수하들이 서로 이해를 달리해서 다툰다는 게 알려지기라도 하면 천절문이 세상의 비웃음거리로 전락할 것이 아닙니까? 그리되게 둘 수는 없지 않겠습니까?"

"제 생각과는 다르군요. 저는 차라리 비웃음거리가 되는 게 세상의 원망을 받는 것보다는 나을 것 같은데 말입니다."

어떤 말도 통하지 않는다는 것을 알았다.

이대로는 시간 낭비일 뿐이다.

천풍인 그렇게 한마디를 던져 놓고 주저 없이 장치성의 방에서 나왔다.

기루를 나오자 회합장에서부터 줄곧 그를 뒤따르기라도 했는지 여산삼귀와 공자추가 기루 밖에서 그를 기다리고 있었다.

"대체 어떻게 된 거예요? 옥면신룡이라니? 정말로 옥면신룡인 거예요? 그럼 신마쾌도는요? 옥면신룡씩이나 되면서 대체 장경각의 비급은 왜 훔친 거예요?"

천풍을 보자마자 마화가 폭포수처럼 질문을 쏟아낸다.

"그러니까 이미 장경각의 비급은 훔치지 않았다고 말씀을 드렸는데……."

"정말 대협이 옥면신룡이 맞긴 맞는 겁니까?"

이번엔 마등이 어떤 기대감을 드러낸다.

"예. 뭐……."

"천하오절의 전인인 것도 맞습니까?"

"뭐, 그렇다고 할 수 있습니다. 따지고 들면 조금은 다른 것이긴 합니다만……."

"그럼 대협을 통하면 천하오절의 비급도 얻을 수가 있는 겁니까?"

"뭐, 그렇긴 합니다만……."

"그럼 장경각의 비급은 됐습니다!"

"그러니까 저는 장경각의 비급을 훔치지 않았다고 아까도 말씀을……."

"장경각의 비급 대신 천하오절의 비급을 주십시오!"

참 지독하게도 사람 말을 안 들어 처먹는 남매간이다.

'더구나 내게 맡겨 놓은 것도 아니고, 내가 주겠다고 약조를 한 것도 아닌데 왜 빚쟁이 빚 독촉하듯 이러는 건지

원…….'

게다가 마등만 그런 것도 아니다. 그래도 개중에선 상식이 통하는 마립마저도 마등과 똑같은 눈을 하고 그를 보고 있었다.

장치성의 검을 직접 경험했기 때문이었다.

천하오절의 비급이라는 것, 하잘것없는 삼류무공으로 일류를 이긴다는 그 소문의 무공을 직접 대면하고 보니 공포 이상의 전율을 느껴 버렸다.

그뿐이랴, 소문에 듣기로는 기본이 삼류무공이다 보니 특별한 재능도 필요 없다고 했다.

아무나 익힐 수 있고 아무나 고수가 될 수 있다. 한데 그 꿈에서나 봄 직한 비급을 지금 당장에라도 얻을 수 있을지도 모르는 것이다.

'비록 시작은 좋지 못했지만 그간 대협을 충실히 받들어 모신 것을 생각하면 비급 한 권쯤이야 충분히 받을 자격이 있지. 암! 그렇고말고!'

그렇게들 생각을 하는 여산삼귀다.

물론 천풍은 그들의 그런 시선이 부담스럽기만 했다. 다행히 그곳에는 여산삼귀만 있는 것이 아니었다.

공자추도 있었다. 그리고 공자추는 여산삼귀와는 달리 천하오절의 비급에는 전혀 관심을 보이지 않았다.

실로 탁한 공기 속의 청량함이 아닐 수 없다.

하지만 천풍을 보는 공자추의 눈빛 역시도 마냥 사심 없이 깨끗한 것만은 아니었다.

"어찌 되었습니까? 장안에서 손을 떼기로 했습니까?"

천절문의 향후 거취에 대한 질문이었다.

천풍이 천절문의 주인이라는 것을 알았으니 기대를 가지는 거야 당연했다. 그러나 역시 안타깝게도 그 기대를 충족시켜 주지 못했다.

"말은 해 봤지만 그게 잘되지가 않았습니다."

"아니 왜요? 천절문의 주인은 대협이잖아요? 대협이 손을 떼라면 손을 떼는 거지 잘되지 않을 게 뭐가 있어요?"

천풍의 말에 마화가 이해가 되지 않는다는 얼굴로 따지듯 물었다.

어디 이해가 안 되는 것이 그것뿐이랴. 천절문의 주인이 어째서 천절문과 따로 행동하는지, 천절문의 주인이면서 어째서 천절문이 장안에서 무슨 짓을 하고 있는지조차 모르고 있었는지 따지고 들면 온통 궁금한 것투성이였다.

그 궁금한 것들에 일일이 답해 주기에는 너무 많은 것들을 보여 줘야 했다. 천풍으로서는 그저 씁쓸한 웃음으로 넘기는 수밖에 없었다.

"그럼 천절문에서 하고 있는 패악질이라도 멈추게 할 수는 없습니까?"

"죄송합니다."

그나마 한 가닥 희망이라도 붙들어 보려는 공자추를 보니 미안함에 실로 고개를 들 수가 없을 지경이다.

"그게 대체 뭐예요? 정말 옥면신룡이 맞긴 맞는 거예요? 천절문의 주인인 옥면신룡이 우리 편인데 천절문 놈들한테 이렇게 손 놓고 당해야 한다는 게 말이나 되냐고요!"

마화가 화를 참지 못하고 바락바락 악을 써댔다.

공자추는 '역시 절에나 들어가야 하나?' 라며 허허 웃음을 흘리고 마립과 마등도 천하오절의 비급에 대한 관심을 잠시 접고 답답한 한숨을 토한다.

그런 그들을 보며 잠시 생각에 잠겨 있던 천풍이 한마디 했다.

"방법이 아예 없는 것은 아닙니다."

천풍의 말에 가장 먼저 눈을 반짝인 것은 역시 공자추였다.

"방법이라 하시면?"

"안타깝지만 저로서는 천절문을 움직일 수가 없습니다. 문주라고는 해도 문주가 된 것이 제 뜻도 아니었거니와 그저 필요에 의해서 이름만 올려놓은 것뿐이니까요. 아까 그 장치성이라는 자의 태도로 새삼 그것을 느꼈습니다. 그러나, 저는 천절문을 움직일 수 없지만 천절문을 움직일 수 있는 분을 한 분 알고 있습니다."

"그게 누굽니까?"

"염가상단의 염 단주님입니다. 염 단주님이라면 필경 제 뜻을 이해해 주실 겁니다."

공자추의 눈에 깃들어 있던 기대가 와르르 무너져 내렸다.

"물론 염가상단의 염 단주라면 천절문을 움직일 수야 있겠죠. 하나, 섬서 상권을 노리고 지금 이 같은 사태를 만들어낸 것이 그자인데 그자가 과연 우리를 도와주겠습니까?"

터무니없는 일이라며 고개를 잘래잘래 젓는다.

하긴, 누구라도 이 같은 상황에서는 염장의 도움을 기대할 바에야 부처님 발가락이라도 부여잡고 기도를 하는 게 더 현실적이라 생각할 것이다.

하지만 천풍의 생각은 달랐다.

"물론 그렇긴 합니다만…… 그래도 염 단주님이라면 필경 제 뜻을 이해해 주실 겁니다."

비록 당장의 이득에 혹해서 이런 무도한 일까지 벌이고 있다지만 아무리 생각해 봐도 염장이라면 그의 마음을 알아줄 것 같았다.

염장을 도무지 장치성과 같은 부류로 나눌 수가 없다.

'어쩌면 이곳에서 행해지고 있는 이 모든 패악도 염 단주님과는 상관없이 천절문의 독단적인 행동일지도……'

그러고 보면 장치성은 그들이 이 같은 일을 벌이는 것은 천절문 오만 식솔들의 생계 때문이라고만 했지 염장을 언급하는 말은 단 한 마디도 하지 않았었다.

어쩌면 염장은 장안에서 이 같은 만행이 자행되고 있는 줄은 꿈에도 모르고 있을지도 몰랐다.

그렇게 긍정적으로 생각해 버리기엔 모순들이 한둘이 아니었지만, 천풍을 참으로 각별히도 대해 주던 염장의 태도를 떠올려 보면 역시 장치성과는 한데 묶어지지가 않았다. 아니, 설혹 이 모든 일이 염장의 뜻이라고 해도, 적어도 염장이라면 설령 상단이 손해를 보게 되는 경우가 생기더라도 자신의 청만은 거절치 않을 거라는 믿음이 있었다.

그리해 천풍은 그 길로 바로 행장을 꾸렸다.

*　　*　　*

다음 날 아침, 천풍은 서둘러 자신의 처소를 나섰다.

원래는 어제 바로 출발을 하려 했는데 밤도 늦은 데다 섬서에서 강소라면 중원 대륙을 거의 횡단하다시피 하는 먼 여정이다 보니 준비할 것도 많았다.

한데, 그렇게 처소를 나오고 보니 지난번 무한으로 갈 때와 마찬가지로 여산삼귀가 그를 기다리고 있었다. 행색으로 보아하니 이번에도 천풍을 따라가려는 것이 분명했다.

"하아……."

그들을 보니 왠지 한숨부터 나오는 천풍이다.

"왜 사람을 보자마자 한숨질이에요? 기분 나쁘게."

태도 한 번 참 일관성 있어서 좋다. 자신이 신마쾌도든 옥면신룡이든 마화에겐 전혀 상관이 없나 보다.

"소주까지는 먼 길입니다. 굳이 그 먼 길을 같이 고생하실 필요는 없습니다."

"무슨 말씀을 하시는 거예요? 그러니까 더욱더 같이 가야죠. 사람이 의리가 있지, 어떻게 그 먼 길을 혼자 가시게 해요?"

마화의 말을 마립이 거들었다.

"더구나 무림이라는 게 무공만 가지고는 안심할 수가 없는 곳입니다. 만에 하나의 위험에라도 재빨리 대처를 하려면 우리 여산삼귀의 경험이 분명 필요할 겁니다."

"뭐, 천하오절의 무공이라도 한 수 배워 두면 대협의 안전을 지키는 데 보다 더 수월할 테지만 말입니다."

마화의 말을 마립이 거들자 은근슬쩍 사심을 드러내는 마등이다.

천풍은 그래도 내키지 않아 했다.

"마음이야 고맙습니다만 한시라도 빨리 염 단주님을 찾아뵙는 게 이곳 상인 분들의 고생을 더는 길인데, 아무래도 길손이 많으면 걸음이 더뎌지기 마련이니……."

"그렇다고 해도 장안 상계를 대표해서 염 단주에게 장안 상인들의 뜻을 전할 사람이 있어야죠. 그래야 대협께서 담판을 짓는 데 조금이라도 도움이 되지 않겠어요?"

도적질이나 하던 여산삼귀가 장안 상계를 대표한다니? 참

억지스럽게도 가져다 붙인다.

더욱 가관인 것은 마등이다.

"뭐, 천하오절의 무공이라도 한 수 배워 두면 대협께서 염단주와 담판을 짓는 데 좀 더 힘이 되어 드릴 텐데 말입니다."

그 머리로 어떻게든 천하오절의 무공과 연결을 지으려는 노력이 가상하기까지 하다.

"하아……."

"왜 자꾸 사람 얼굴을 보며 한숨질이냐구요, 글쎄. 기분 나쁘다니까요."

절로 한숨이 나오는 걸 어쩌란 말인가.

세상에서 가장 무서운 게 네 가지가 없는 사람이라 했다.

무도덕, 무질서, 무염치, 무양심.

그중 어느 하나도 여산삼귀와는 어울리지 않는 것 같으면서도 또 묘하게 그 모두와 살짝들 걸치고 있는 듯한 느낌이다.

오지 말란다고 안 올 사람들도 아니고, 가란다고 갈 사람들도 아니다.

일찌감치 체념을 하고 받아들이는 게 정신 건강에 좋다는 것을 이미 경험을 통해서 잘 알고 있었다.

그리해 여산삼귀와 더불어 금사원을 나섰다.

한데, 금사원 앞이 어제와는 사뭇 달랐다.

그 많던 땅꾼들이며 그 많던 뱀이며 독충들이 완전히 사라지고 없었다.

"이게 어떻게 된 거죠?"

혹시 그새 장치성이 마음을 바꿔 천절문도들을 철수시켰나 기대를 했지만 다른 상점들은 여전했다. 여전히 천절문의 문도들은 개잡놈들이 되어서 설쳐대고 있었다.

금사원 앞만 깔끔했다.

이유야 뻔했다.

천풍이 이곳 금사원에 머물러 있다는 것을 알고는 장치성이 금사원에 대한 철수를 지시한 것이 틀림없었다.

'옥면신룡을 천하오절의 전인으로 인정하고 사문의 존장으로 그 예와 도를 다할 것이라 했던 맹세는 아직도 유효하니까 말입니다.'

이게 바로 장치성이 말한 사문의 존장에 대한 예와 도인 모양이다.

입안이 씁쓸했다.

금사원만이라도 잠시 피해를 덜 입게 된 것이 다행이긴 한데, 사문의 존장에 대한 예와 도를 다하는 장치성의 마음 씀씀이를 고마워해야 할지 괘씸해해야 할지를 모르겠다.

천풍이 그렇게 씁쓸한 마음으로 풍천에 오르려는데 저 멀리서 일단의 무리가 그들을 향해 달려오는 것이 보였다.

공자추를 비롯해 회합장에서 보았던 장안의 소상인들이었다.

그렇게 달려온 장안의 소상인들이 천풍을 막아 세웠다.

"무슨 일들이십니까?"

천풍이 의아해하자 공자추가 성큼 앞으로 나서며 천풍에게 보자기에 싼 주머니 하나를 내밀었다.

"……?"

"이렇게 우리를 위해 큰 도움을 주시는데 어찌 그냥 빈손으로 가시게 하겠습니까? 십시일반 해서 여비를 조금 모아 봤습니다. 마음 같아서는 우리도 대협을 따라가고 싶습니다만 우리 같은 장사치가 따라가 봤자 가는 내내 방해만 될 것이니…… 염치없지만 저희가 해 드릴 수 있는 게 이런 것밖에는 없군요."

여비를 조금 모았다지만 결코 작은 액수가 아니었다. 더구나 무게로 보아하니 은자가 아니라 금자인 것이 분명했다.

어림잡아 금자로 이백 냥은 족히 되어 보인다. 은자로 환산하면 사천 냥, 여비치고는 말도 안 되게 많은 액수다.

공자추 정도만이 그나마 상인이라고 할 만한 규모의 장사를 하고 있을 뿐, 대개의 사람들은 그야말로 작은 구멍가게 수준이다.

아무리 십시일반 했다지만 이만한 액수를 모으기가 쉬웠을 리가 없다. 더구나 천절문의 횡포로 하나같이 가게 사정이 좋지 못한 때가 아니던가.

그만큼이나 천풍에게 거는 기대가 큰 것이다.

그만큼이나 절박하고 간절한 심정인 것이다.

천풍은 사양하지 않고 받았다. 그거라도 받아야 그들이 조금이라도 안심하고 기다릴 것 같아서였다.

천풍은 그렇게 상인들의 간절한 바람을 가슴에 안아 들고 풍천의 등에 올랐다. 그리고 힘껏 풍천의 배를 찼다. 그러자 풍천이 쏜살처럼 달려 나갔다. 천풍의 갑작스러운 출발에 여산삼귀가 화들짝 놀라서는 급급히 천풍의 뒤를 쫓았다.

* * *

장안 상인들의 간절한 바람을 가슴에 안아 들고, 그들의 생존이라는 막중한 책임감을 등에 짊어지고 소주로 향하는 길. 하지만 그렇게 얼마간 달린 끝에 장강을 앞에 두고 보니 마음에 휘도는 것은 부담이나 긴장이 아니라 어떤 설렘이었다.

장강 이남의 땅은 역시 그에겐 고향 같은 곳이다.

황산사가 있고 현천사가 있다. 청무도장이 있고 황학루도 있다. 따지고 보면 그리 오래되지도 않았는데 참으로 오랜만인 것 같다.

그래서인지 마음이 들뜬다. 지난 기억도 새록새록 떠오르고 그리운 얼굴들도 뇌리를 스쳐 간다.

청무도장의 아이들은 어떻게 지내고 있을까? 임설아는? 청무도장은 또 얼마나 변했을까? 당분간 청무도장에서 지낼 거라 했던 관여락은 아직도 청무도장에 신세를 지고 있을까?

'그러고 보면 관주님을 보던 그자의 눈빛이 예사롭지 않았었는데…….'

뭔가 좋은 소식이라도 듣게 되는 거나 아닐까?

생각하니 왠지 기분이 묘했다. 즐거운 마음이 들기도 하지만 한편으론 쓸쓸함이 한 자락 가슴을 휘돌고 간다.

자연스레 취옥선에게도 생각이 미쳤다.

하지만 취옥선에게 생각이 미치자 정작 떠오르는 것은 취옥선의 얼굴이 아니라 황학루를 떠나오던 그날 취옥선과 함께 봤던 그 발정 난 두 마리의 짐승이었다.

왠지 황학루로 다시 가기가 꺼려진다. 그날 그 장면을 떠올리자니 취옥선을 다시 보는 게 너무 민망하기도 했지만 그보다 풍천이 걸렸다.

'백향이라고 했었지, 아마?'

털은 눈부시도록 희고 하늘을 날 듯 날렵하며 천지를 굽어보듯 도도하다 했던 취옥선의 말, 하지만 그날만은 적운의 아래에 깔려 그저 발정 난 짐승이 되어 있었던 그 말, 그 장면…….

풍천이라면 그날의 장면을 다시 재현하고도 남았다. 아니, 재현 정도가 아니라 백향이 불쌍하게 느껴질 정도로 그 이상의 것을 보여 줄 것이 분명했다. 풍천이라면 능히 그러고도 남을 녀석이었다.

'안 되지, 안 돼. 한혈마도 아니고, 이런 볼품없는 녀석이

백향을 범하면 이놈도 이놈이지만 그 원망을 내가 다 받게 될 텐데…….'

생각만 해도 몸서리가 쳐진다.

그렇게 청무도장과 황학루를 거쳐 회상의 가장 끝 언저리에 있는 것은 추도향이다.

'그러고 보면 무당산을 가기 위해 장강을 건널 때는 동행이 추 소저였었는데…….'

이렇듯 염가상단에 가기 위해 장강을 건너는 지금은 그 옆에 여산삼귀가 있다. 그리 비교가 되니 왠지 기분이 울적해진다.

"하아……."

"이봐, 이봐. 또 사람 얼굴 보면서 한숨질이지. 아주 고약한 버릇이 들어 버렸어!"

'하아…….'

"얼씨구? 이젠 하다 하다 생각으로 한숨질이네? 한숨질을 하려거든 우리 얼굴이나 보지 말고 하라니까요!"

참 용케도 알아맞힌다.

'그나저나 추 소저는 도문의 소식을 들었을까?'

하긴, 온 천하가 그 이야기로 떠들썩한데 못 들었을 리가 없다.

하룻밤 사이 스승이며 사형제며 할 것 없이 다 잃었다. 그 역시 가문에서 버려지던 그날, 부모와 형제들을 다 잃었던 기억이 있어서인지, 아니면 그녀에 대한 마음이 남달라서인지 지금 그녀의 심정을 생각하니 안타깝다 못해 가슴이 다 먹먹해 왔다.

그러나, 다행인지 불행인지 추도향은 그때까지도 도문의 소식을 듣지 못하고 있었다. 온 천하가 그 이야기로 떠들썩하다지만, 그 무렵 추도향은 온 천하가 떠들썩한 그 소문마저도 닿지 않을 만큼 먼 곳에 있었다.

제 12 장

사막 한가운데서 광기와 조우하다

'대체 이곳까진 무슨 일로 오셨던 거지?'

추도향은 눈앞에 나타난 객주를 보며 도무지 이해할 수 없다는 표정을 했다.

도제 백무강과 흉수들의 흔적을 쫓아 사막을 건넜다. 아니, 흉수들의 흔적은 사막으로 들어선 직후 놓쳐 버렸다. 사막이라는 곳이 원래 하루만 지나도 지형 자체가 바뀌어 버리는 곳이다. 그래서인지 그때까지만 해도 뚜렷하게 남아 있던 흉수들의 흔적이 사막이 시작되고부터 씻은 듯이 사라져 버렸다. 그나마 도제 백무강의 인상착의라도 알고 있었기에 망정이지, 그렇지 않았다면 그마저도 놓칠 뻔했다.

그렇게 백무강을 쫓아 사막을 건넌 끝에 다다른 곳이 어느 이름 모를 마을이었고 바로 눈앞의 객주였다. 백무강의 종적은 이곳까지 이어져 있었다. 여기서 더 이어질지 아니면 여기가 끝일지는 알 수 없었다.

'들어가 확인해 보면 될 일.'

객주의 문을 열었다.

객주의 안은 신강의 통속적인 모습이 아니라 의외로 중원의 객잔과 더 닮아 있었다.

그리 이상히 여길 일은 아니었다. 비단길이 놓인 이후로 신강은 물론이고 서장, 또 그 너머의 남만에까지도 중원의 문물이 전해져 어디서나 흔히 볼 수 있는 풍경들이었다.

추도향은 창가 가까운 곳에 자리를 잡고 앉았다.

그나마 겨울이라 다행이었다. 환한 대낮인데도 그리 덥지가 않다. 물론 밤이 되면 무공으로 단련된 그녀도 뼈를 에는 추위에 모포를 겹겹이 둘러야 할 지경이었지만 말이다.

그녀가 자리에 앉자 신강의 토속 복색을 한 열 살 정도 되어 보이는 소녀가 쪼르르 달려와 주문을 받았다. 사막에서 나고 자란 탓인지 피부는 까무잡잡했지만 환하게 드러난 이는 눈이 부시도록 희었다.

간단히 먹을 것을 주문한 추도향이 주문한 음식이 다 나오기를 기다려, 소녀에게 도제의 인상착의를 설명하며 그 행적을 물었다.

한데, 소녀의 태도가 조금 이상했다.

그녀의 물음에 소녀가 환하게 웃던 입을 꽉 다물고는 경계 어린 눈으로 추도향을 살핀다. 하지만 그도 잠시, 작은 발을 바삐 놀려 계산대 쪽으로 달려간다.

소녀의 어미로 보이는 여자가 거기에 있었다.

소녀가 뭐라 뭐라 알아들을 수 없는 말로 여자의 귀에 속삭였다. 그러자 그녀의 눈이 이내 추도향을 향했다. 살피는 듯도 하고 경계를 하는 듯도 했다. 그러다가 급할 걸음으로 객주를 뛰쳐나갔다.

'제대로 찾아오긴 찾아왔나 보군.'

아마도 여기가 끝인가 보다.

길고 길었던 여정의 끝…… 곧 도제를 만나게 될 것 같았다.

추도향은 뛰쳐나간 여자를 굳이 쫓지 않았다.

여자의 태도는 도망을 가려는 것도, 무언가를 숨기려는 것도 아니었다. 어딘가에 보고를 하러 가는 것이 틀림없었다. 그렇다면 굳이 쫓지 않아도 다시 나타날 것이다. 그리해 간만에 하는 식사다운 식사를 느긋하게 즐겼다.

아니나 다를까, 식사가 끝나갈 무렵이었다. 밖으로 뛰쳐나갔던 여자가 돌아왔다.

혼자가 아니었다. 흑의 무복을 입은 날카로운 눈매의 사내가 그녀의 뒤를 따라 들어오고 있었다. 그리고 추도향에게로 다가왔다.

"대군께서 기다리십니다. 따르시지요."

추도향은 아무것도 묻지 않고 일어섰다.

어차피 여기까지 와서 걸음을 돌릴 수도 없는 일이었다. 게다가 분위기로 보아하니 물어 봐야 제대로 된 대답을 들을 수 있을 것 같지도 않았다.

물론 그렇다고 궁금한 것이 없을 리가 없다.

'대군이라…….'

누굴까?

혹시 도제일까?

아니면 도제와 관련된 다른 누군가일까?

그럼 도제는 이런 자들과 무슨 관계일까?

무슨 관계이기에 멀고 먼 이국땅까지 찾아온 것일까?

궁금한 것으로 따지면 한도 끝도 없을 지경이다.

다만 참고 있는 것뿐이다. 대군이 도제든, 아니면 다른 누군가이든 그를 만나면 모든 게 명확해질 터였다.

그렇게 흑의 무복의 사내를 따라 묵묵히 걷다 보니 크고 작은 암벽들로 이루어진 어느 이름 모를 돌산이 나타났다.

신기하게도 거기에 있는 암벽들은 죄다 붉었다. 그리고 멀리서도 바로 알아볼 수 있을 만큼 크고 높은 탑이 그 산꼭대기에 세워져 있었다.

더욱더 의외인 것은 산을 조금 더 오르자 산기슭 즈음에 꽤 넓은 평지가 있었는데 황량하고 살풍경한 산야의 풍경과는 달리 멋들어진 누각이며 고풍스럽고 정취 어린 정자가 실로 아름답게 꾸며져 있었다.

"아……!"

이런 곳에서 중원에서나 볼 수 있는 아름다운 정경을 다시 보게 될 줄이야 어찌 알았겠는가.

아무리 추도향이지만 이런 풍경 앞에서는 표정 관리가 되지 않았다. 흑의 무복의 사내가 그런 그녀를 데리고 간 곳은 바로 그 고풍스럽고 정취 어린 정자였다.

그곳에 있었다.

"태사조님……."

도제 백무강이 바로 그 정자 위에 앉아 그녀를 보고 있었다.

길고 긴 여정의 끝에 마침내 백무강을 만난 것이다.

*　　*　　*

분명 도제 백무강이다. 한데,

도대체 뭘까, 이 낯설음은?

도대체 뭘까, 이 불쾌함은?

"이 먼 곳까지 나를 찾아올 거라고는 생각지 못했구나."

목소리도 그대로다.

한데, 이 섬뜩함의 이유는 대체 무엇일까?

"그래, 이 먼 곳까지 어찌 나를 찾아왔느냐?"

기분 탓일 것이다.

아마도 사막의 모래바람을 담은 신강의 공기가 그다지 좋지 못하기 때문일 것이다.

"본문에 변고가 생겼습니다."

"음…… 도문에 관한 이야기라면 그만 되었다."

"하오나, 태사조님. 흉수들의 손에 본문의 형제들이……."

"되었다니까! 내 분명히 도문과는 연을 끊었다 했거늘!"

단호한 목소리였다. 하지만 그보다 더 단호한 것은 도제의 눈빛이었다.

다시금 섬뜩함이 등줄기를 타고 올랐다.

역시 뭔가가 다르다.

뭐라 딱 집어 설명할 수는 없지만 그녀가 아는 도제의 모습과는 어딘지 어긋나 있다.

그녀가 섬뜩한 기분이 되어 도제를 다시 살피는데,

"그보다……."

도제가 이내 눈빛을 누그러뜨리며 말문을 돌렸다.

"그 아이는 잘 지내느냐?"

"그 아이라 하시면…… 소천풍 그자를 말씀하시는 것이옵니까?"

"그래, 그 아이. 어찌 지내고 있느냐?"

천풍을 알고 있는 걸 보면 분명 다른 사람은 아니다. 당연히 다른 사람일 리가 없다. 그렇다면 이 낯설음과 불쾌함은 대체 뭐란 말인가?

정말로 신강의 공기가 좋지 못하기 때문일까?

'아니면 본문의 일로 내가 너무 예민해져 있는 것일지도…….'

추도향은 마음속 꺼림칙함을 잠시 접어 두고 도제의 물음에 대답했다.

"태사조님을 뵙고 난 후 자신은 날이 없는 검이 되었다고 했습니다."

"날이 없는 검?"

"소녀가 그자에게 비무를 청했었습니다. 하온데 날 없는 검에 다시 날을 채울 때까지는 그 비무에 응할 수 없다며, 그 모든 게 태사조님 때문이라 했습니다."

"음……."

잠시 뭔가를 생각하던 도제가 어느 순간 입가에 즐거운 미소를 떠올렸다.

"그래, 그랬어. '맺음의 결'을 보지 못한 거로군."

그렇게 중얼거리고는 다시 덧붙여 물었다.

"하면 아직도 날을 채우지 못한 것이더냐?"

"지금은 어찌 되었는지 모르오나 소녀가 그자를 마지막으로 보았을 때는 여전히 날을 채우지 못한 상태였습니다."

"그렇군, 그래. 아직 보지 못한 게야."

상당히 기분이 좋아 보였다.

한데, 그렇게 기분 좋은 미소를 보이는데도 다시금 섬뜩함이 등줄기를 타고 올라 머리털까지 곤두서게 한다.

신강의 공기 때문이 아니다. 도문의 일로 예민해졌기 때문도 아니다.

섬뜩함의 이유는 모르지만 그 원인은 알았다.

도제의 눈이었다.

정확히는 도제의 눈에 깃들어 있는 어떤 무엇인가였다.

뭔지는 모르지만 낯설음과 불쾌함도 바로 그것 때문인 듯했다.

"하온데 태사조님께서는 이 먼 곳까진 어쩐 일로……."

혹시 도제가 이곳에 온 이유와 도제의 눈에 깃들어 있는 그 무엇인가가 어떤 연관성이 있지 않을까 해서 물었다. 한데, 이어서 나온 도제의 말은 너무 뜻밖의 것이었다.

"이곳이 내가 나고 자란 곳이니까."

"……?"

선뜻 이해를 못 했다.

"말 그대로 이곳은 내가 나고 자란 내 고향이고 내 일문이 살아가는 삶의 터전이다."

"태사조님께선 중원인이 아니셨습니까?"

"내 나이 백삼십 년 중에 백 년을 중원에서 보냈으니 중원인이라 해도 틀린 말은 아닐 테지만 내가 나고 자란 곳은 분명 이곳이다. 백삼십 년 중 처음 삼십 년을 이곳에서 살았으니까."

그러고 보면 도제의 출신에 대해서는 알려진 것이 아무것도 없었다. 그녀의 사부인 석조명으로부터도 그에 관해서는 전혀 들은 게 없었다. 그녀가 도제에 대해 아는 것도 그저 백 년 전에 도문을 세웠고 이십 년 전에 돌연 은거에 들었다는 것이 전부였다.

만일 이 사실이 중원 무림에 알려지면 아마도 도문은 더 이상 무림사세로 있지 못할 것이다.

아무리 도제 백무강의 이름이 높다 할지라도 자존심 강한 중원인들이 새외 변방 출신의 도제를 인정할 리가 없었다. 도제가 세운 도문 또한 다르지 않을 것이다.

추도향이 그렇게 충격에 빠져서 혼란을 겪고 있을 때였다. 그들이 앉아 있는 정자로 오십 대의 중년인이 걸어왔다.

그저 어디에서나 흔히 볼 수 있는 지극히 평범한 인상의 사내였다. 옷차림도 그녀를 이곳까지 안내했던 흑의 무복의 사내와 크게 다르지 않았다. 하지만 추도향은 그 사내에게서 눈을 거둘 수가 없었다. 눈을 돌리는 순간 사내의 칼이 자신의 목을 베어 버릴 것만 같았기 때문이다.

그렇다고 살기를 풍기는 것도 아니다. 엄청난 기도를 내뿜는 것도 아니다. 왜 자신이 지금 그런 공포를 느끼는 건지 그녀 자신도 이해가 되지 않는다.

"그에 곁가지를 잘라 버린 것이냐?"

사내를 보며 도제가 마뜩잖다는 듯 물었다.

"예. 하나, 희생이 컸습니다. 일백이 넘는 형제들이 이 땅을 같이 밟지 못했습니다. 삼대로도 죽었습니다. 그리고…… 태대로 역시도 돌아오지 못했습니다."

사내의 말에 도제가 눈을 치켜떴다.

"수(修), 그 아이가? 그 아이가 대체 누구에게 당했단 말이냐? 중원에 그 아이가 당해내지 못할 자가 과연 존재했더란 말이냐?"

"검문의 문주인 패천일검 금천우였습니다."

"검문의 문주라면…… 검황 파천의 제자가 아니더냐?"

"예, 도문의 문주를 일곱 합 만에 꺾은 태대로가 그자의 일검조차 제대로 감당하지 못했다고 합니다."

"허허, 파천 그 아이가 그리도 자랑을 하더니만…… 그래서 참 팔푼이 같다 놀리기도 했었건만…… 오히려 그 자랑조차 칠 푼은 숨겼던 게로군. 한데, 네놈은 수 그 아이가 죽었는데 어찌하여 즐거워 보이는 것이냐?"

"표정 관리를 한다고 한 것인데 역시 대군은 속일 수가 없군요. 그래도 안심입니다. 속마음을 들키면 크게 혼쭐이 날 줄 알았는데…… 태대로가 대군께는 그다지 중한 사람은 아니었나 봅니다."

"괜한 말로 시간 끌 것 없다. 달리 할 말이 있나 본데, 어서 해 보거라."

"예. 해서 드리는 말씀인데, 약조를 조금 수정해야겠습니다."

"수정한다? 어떻게?"

"도문 하나로는 성이 차지 않습니다."

"중원을 넘보기라도 하겠다는 게냐?"

"예."

"내가 허락할 듯싶으냐?"

"물론 쉽게 허락하지 않으실 거라 생각했습니다. 그래서 이곳으로 오는 내내 어떤 말로 대군을 설득해야 할지 고민도 참 많이 했습니다. 한데……."

"한데?"

"아무래도 괜한 고민이었나 봅니다. 지금 대군을 보니 딱히 따로 설득할 필요가 없어 보이는군요. 오히려 중원은 저보다 대군께서 더 가고 싶어 하는 듯 보이니 말입니다. 제가 잘못 본 것입니까?"

"네놈의 아비도 건방지기가 실로 하늘을 찌를 정도였는데 네놈은 그보다 더하는구나. 하나, 나를 즐겁게만 해 준다면 이 정도 건방쯤이야 용서 못 해 줄 것도 없지."

"그럼 약조를 하신 것으로 알고 있겠습니다."

추도향은 대체 그들이 무슨 말을 하는 건지 알아들을 수가 없었다. 아니, 알아는 들었지만 온전히 받아들일 수가 없었다. 그것을 받아들이기엔 그들의 입에서 흘러나오는 말들이 너무도 엄청난 것들이었기 때문이다.

그렇게 그저 멍하니 그들을 보고 있는데, 사내와의 대화를 일단락한 도제가 그제야 추도항을 본다. 그리고 추도항이 알아들을 수 있도록 친절히 설명해 주었다.

"이제 도문은 존재하지 않는다는구나."

"……."

"이 아이가 도문을 멸문시키고 온 게야."

"……."

"네 사부도 죽었다 하고."

"……."

"그러니까 네가 조금 전 말했던 그 흉수라는 자…… 바로 이 아이였던 게지."

안타깝게도, 친절한 설명에도 불구하고 전혀 알아들을 수가 없다.

도제의 말이 머리 위에서만 빙글빙글 맴돌 뿐, 한마디도 귓속으로 들어오지가 않았다. 들리는 그대로 받아들이기에는 도무지 현실 같지 않은 말들뿐이었다.

하지만 단 하나 분명하게 알게 된 것은 있었다.

도제의 눈에 깃들어 있는 것이 무엇인지 지금 이 순간 그것만큼은 확실히 알았다.

그랬다.

그것은…… 다름 아닌 광기였다.

제 13 장

천하오절의 이름으로

천극의 서

추도향이 사막 한가운데서 그렇게 예상치 못한 광기와 조우하고 있을 때, 천풍 일행은 아무런 방해도 받지 않고 순조로운 여정을 계속했다.

섬서에서 하남으로, 하남에서 안휘로, 안휘에서 강소로 무려 세 개 성을 가로지르는 긴 여정이었다. 더구나 한 시가 바쁜 일정이다 보니 제대로 쉬지도 못한 탓에 강소성 남경(南京) 포구에 당도했을 때는 그야말로 지칠 대로 지쳐서 초췌해진 모습들이었다.

특히나 여산삼귀에 시달릴 대로 시달린 천풍은 눈까지 퀭해서 마치 중병 든 병자 같았다.

정말이지 데리고 오지 말았어야 했다.

오는 내내 수백 번도 더 후회를 했다.

오랜 여정에 지쳐 가면 지쳐 갈수록 부쩍 투정이 심해진 마화다. 밥투정 잠투정 거기다 피부 투정까지, 하루에도 열두 번씩은 짜증을 부려대기 일쑤였다.

그런가 하면 마등은 사흘째 되는 날부터는 대놓고 천하오절의 비급을 달라며 졸라댔다. 이제는 아예 천하오절의 무공을 노래로까지 만들어 불렀다. 작곡 능력이 좋은 것도 아니고 노래를 잘 부르는 것도 아니다. 밤낮없이 돼지 멱따는 소리를 듣고 있자니 정말이지 고역도 그런 고역이 없다.

그뿐이랴, 천하오절의 비급이 대단하긴 대단한가 보다. 그 점잖은 마립마저도 어느 때부터인가 그 말도 안 되는 노래를 같이 따라 부르고 있으니 말이다.

천풍에겐 그렇게 여러 가지로 참으로 고단했던 여정이었다.

남경포구에 내리자 드디어 자유해방의 그날이 눈앞에 이른 듯하여 실로 날아갈 것처럼 기분이 좋았다. 그런 천풍과는 달리 배에서 내리자마자 또 투덜대기 시작하는 마화다.

"아아, 얼굴에 이 뾰두라지 난 거 좀 봐. 그러니까 내가 배는 안 탄다고 했잖아요! 강바람이 여자 피부에 얼마나 안 좋은지 알아요? 게다가 가슴은 또 어떻구요? 강바람에 쓸려서 그새 좀 작아진 거 같지 않아요? 아이, 속상해 정말!"

아니, 가슴이 무슨 콩으로 빚어 만든 두부 속살도 아니고,

강바람에 쓸려서 작아진다는 게 어디 말이나 될 법한 소린가?

'게다가 배를 안 타면 장강은 또 무슨 수로 건너고?'

소림의 달마시조처럼 갈댓잎 하나에 의지해 일위도강이라도 하자는 말인가?

그렇게 어이없어하는데 이번엔 또 마등이 한껏 격앙된 목소리로 돼지 멱을 딴다.

천하오절무 표여맥상진(天下五絶武 飄如陌上塵)
분산축풍전 차이비상신(分散逐風轉 天下五絶武)
락지위형제 하필동사문(落地爲兄弟 何必同師門)
득환당천무 천무취비린(得歡當天武 天武聚比友)
성년불중래 일일난재신(盛年不重來 一日難再晨)
급시당면려 천하오절무(及時當勉勵 天下五絶武)

천하오절의 무공은 들길에 날리는 먼지와 같은 거라
흩어져 바람 따라 굴러다니니
이것이 바로 천하오절의 무공이지
태어나면 모두가 형제가 되는 것
어찌 같은 사문이어야만 하랴
즐거울 땐 응당 천하오절의 무공을 익혀야 하니
천하오절의 무공으로 벗들과 어울려 본다네
한창나이 다시 오는 것 아니고

하루에 두 새벽이 있기는 어려워
늦기 전에 온 힘을 다해야 마땅한 것은
오직 천하오절의 무공을 배우고 익히는 것이리라

도대체 이건 또 무슨 괴상망측한 시란 말인가?

'도연명의 시 같긴 한데…….'

그러고 보니 배에서 만난 어느 문사에게 도연명의 시집을 얻는 것을 보았었다.

아마도 자작에는 한계를 느꼈는지 결국 도연명의 시를 개작이라도 한 것 같았다.

그전에 불렀던 얼토당토않게 유치한 노래 가사보다는 확실히 나아진 것만은 분명했다. 운율도 맞고 문법적으로도 크게 어색한 곳이 없었다.

'그래 봐야 도연명의 시가 워낙에 뛰어난 것뿐이지만.'

실로 명불허전이라 하지 않을 수 없다. 당대 최고의 시인이라는 그 이름에 조금도 부족하지 않은 시다. 저런 엉터리 개작가가 제멋대로 개작해 돼지 멱따는 목소리로 불러대는 그 노랫소리마저도 제법 그럴듯하게 들리니 말이다.

어쨌거나 강소성에 당도를 했다고는 해도 남경에서 소주까지는 결코 가깝다고만은 할 수 없는 거리였다. 아마도 쉬지 않고 달려도 사흘은 족히 걸릴 터였다.

가까운 곳에서 대강의 끼니를 해결한 후 지체하지 않고 곧장 소주를 향해 출발했다.

* * *

장안에서 남경포구까지의 여정이 그러했듯이 남경포구에서 소주까지의 여정도 별다른 문제 없이 순탄하게 이어졌다.

천풍 일행이 소주에 도착한 것은 남경포구에서 출발한 지 정확히 이틀하고도 반나절이 지나서였다. 날이 뉘엿뉘엿 저물고는 있었지만 다행히 그리 늦은 시각은 아니었다.

한데, 그렇게 도착해서 보게 된 소주는 무림대회 때와는 많이 다른 모습이었다.

곳곳에 도검을 찬 사내들이 눈에 띄었다. 물론 무림대회 때는 오히려 지금보다도 더 많은 무림인들이 소주 시내를 가득 채웠었지만, 그때는 그래도 대부분이 무림인다운 모습들을 하고 있었다. 한데 지금은 주루며 기루며 객잔이며 할 것 없이 소주 시내가 제 것인 양 왁자지껄 떠들어대고 있는 그자들은 하나같이 뒷골목 파락호들처럼 보였다.

팔자걸음으로 내걷는 걸음새는 껄렁껄렁했고 입에서 튀어나오는 언사는 저속하기 이를 데 없다.

그러다 보니 당대의 이름 높은 시인묵객들이 그 아름다움을 찬양하기에 바쁜 소주 거리가 지금은 어느 이름 모를 도시의 지저분한 뒷골목 정도로밖에는 보이지 않았다.

"여기가 천절문의 본거지가 맞긴 맞나 봅니다."

소주 거리를 둘러보던 마립이 눈살을 찌푸리며 그리 말했다.

그 말을 마등이 가래침으로 받았다.

"캬악! 퉤! 육시랄 개잡놈들!"

가래침에 더해 욕설까지 퍼붓는 것을 보면 장안의 일이 다시금 떠오르기라도 하는 모양이다. 그도 그럴 것이 차려입은 행색이나 행동들이 장안에서 패악질을 부리던 자들과 조금도 다르지 않았다. 소주 거리를 뒷골목처럼 누비고 다니는 자들 모두가 결국 천절문의 문도들인 것이다.

무림대회 때와 달라진 것은 비단 사람만이 아니었다. 사람보다도 더 많이 달라진 것은 풍경이었다. 일시에 오만 명이나 소주로 밀집하다 보니 가옥도 늘고 상가도 늘었다.

그렇게 달라진 풍경 중에서도 단연 압권은 저 멀리 보이는 두 채의 전각이었다. 아니, 두 채의 성이었다.

나란히 서 있는 두 성채는 마치 쌍둥이처럼 닮아 있었다.

처음 본다.

분명 무림대회 때는 없었던 곳이다. 그렇지 않다면 백 리 밖에서도 볼 수 있을 만큼 어마어마한 규모의 성채를 보지 못했을 리가 없다.

그 사이 세워진 것이다.

대체 무슨 건물인가 싶어 달려가 보았다.

높이만 족히 다섯 장은 될 듯한 성벽은 따로 되어 있지 않았다. 두 성채의 성벽은 하나로 이어져 있었다. 그렇다고 같은 건물인 것은 아니었다. 문도 두 개였고 그 위에 붙은 현판도 두 개였다.

"아……!"

천풍의 눈에 먼저 들어온 것은 두 곳의 성채 중 오른쪽 현판이었다.

천절문(天絕門).

그야말로 용사비등의 수려하고 힘 있는 필체로 그렇게 새겨져 있었다.

그 성채의 정체는 천절문이었던 것이다.

'그럼 여긴…….'

천풍이 급히 왼쪽의 성채로 눈을 돌렸다.

염가상단(閻家商團).

"아아……!"

아니나 다를까, 그 성채는 염가상단의 총단 건물이었다.

정말이지 기억 속의 염가상단과는 너무도 달랐다. 그때의 총단 건물도 상당한 규모였었다. 소주에서 단연 손꼽힐 만큼 대단한 위용을 자랑했었다. 한데, 지금 이 눈앞의 건물은 과거의 것과는 아예 비교 자체를 불허했다.

놀람의 뒤에는 불길함이다.

비록 문은 둘이지만 성벽을 하나로 쓰고 있고 건물의 외형도 똑같이 지었다는 것은 단지 세상에 보여 주기 위함일지라도 그만큼 밀접한 관계를 유지하고 있다는 방증이기도 했다.

어쩌면 정말 장안에서 벌어지고 있는 그 모든 만행은 염장의 뜻일는지도 모른다.

그런 생각이 그동안 굳건했던 염장에 대한 믿음에 균열을 일으킬 때였다.

끼이익.

염가상단의 문이 열리며 그 안에서 두 명의 사내가 급한 걸음으로 뛰어나왔다.

하나는 염장이었다. 그리고 다른 하나는,

'부단주…… 님?'

부단주 조충이었다. 한데, 너무도 많이 달라져 있었다. 몸조차 가누기 힘들 만큼 뚱뚱했던 조충이었건만 놀랍게도 지금은 기골이 장대한 헌헌장부의 모습이었다.

천풍은 자신의 생각을 수정하지 않을 수 없었다. 소주의 변화 중에서 단연 으뜸은 쌍둥이 건물이 아니라 바로 이 조충이라는 것으로.

"아이쿠, 공자! 소주까지는 어쩐 일이십니까? 미리 연통이라도 주셨으면 마중이라도 나갔을 텐데요?"

염장이 그렇게 천풍을 반갑게 맞아 준다. 이렇듯 급히 달려나온 것도 뒤늦게 천풍의 소식을 들었기 때문인 것 같았다.

그러고 보면 조충이나 총단 건물이나 소주 거리와는 달리 염장은 하나도 달라진 것이 없었다. 예전 그대로의 모습이었다.

예전 그대로라는 것이 참으로 안심이 된다. 균열을 일으키던 염장에 대한 믿음이 다시금 단단해지는 기분이었다.

'역시 찾아오길 잘했어.'

염장이라면 필시 장안 상인들에게 도움이 되어 줄 것 같았다.

"한데 정말 이곳엔 어쩐 일이십니까? 공자께서 무한에 계시다고, 얼마 전에 오 지부장이 연통을 보내왔었는데……?"

오 지부장이라면 오덕양을 말하는 것 같았다.

오덕양의 이름만 나오는 것을 보면 아직 장안에서의 일은 전해지지 않은 모양이었다.

'그럼 장치성이 그 일을 염 단주께 알리지 않았다는 건데…….'

어쩌면 자신들이 너무 빨리 달려온 것일지도 모르지만, 또 어쩌면 염가상단과 천절문 간에 소통이 잘 이루어지지 않고 있는 것일지도 모른다.

희망 한 가닥이 더 늘어났다.

"한데, 이분들은……?"

그제야 염장의 시선이 여산삼귀에게로 향했다.

"저희는 장안 상계를 대표해서 왔습니다."

과연 장안 소상인들도 그렇게 생각할지는 모르겠지만 어쨌든 여산삼귀가 내세운 명분은 그러했다.

염장이 여산삼귀와 천풍을 의아히 번갈아 보며 물었다.

"장안 상계에서 여긴 왜……? 그리고 공자께서는 어찌 이분들과 같이 오시게 된 겁니까?"

"그게 좀 사정이 있어서……."

천풍이 뭐라 더 말을 이으려는데, 염장이 천풍의 말을 끊었다.

"아차차. 이런 이런, 여기서 이럴 게 아닌데……. 자자, 자세한 얘기는 일단 들어가서 하십시다."

염장이 그렇게 말을 끊으며 천풍과 여산삼귀를 염가상단 안으로 이끌었다.

이내 천풍 일행이 염장을 따라 염가상단 안으로 발을 들였다.

그렇게 염장을 따라가며 몇 가지 듣게 된 것이 있었다.

먼저 조충에 관한 것으로, 조충이 그토록 변한 것은 술 때문이라 했다. 조충이라는 인간 자체가 워낙에 술이 보약인 체질이라 그동안 술을 끊었기 때문에 그렇게 살이 쪘다가 술을 다시 마시기 시작하자 금세 근육질의 몸매로 돌아오게 된 것이라 한다.

왜 술을 끊게 되었는지, 왜 다시 술을 마시게 되었는지는 말해 주지 않았지만 천풍을 보며 멋쩍어하는 것을 보면 뭔가 사연이 있긴 있는 모양이었다.

대신 조충에게서 기분 좋은 소식 한 가지를 들었다.

"청무도장이 이젠 청무도장이 아니게 되었습니다. 청무도장의 십방청무검법이 천하오절의 무공이라 알려진 데다 천하오절 중 곤절의 첫 번째 후예이자 비무대회에서 결승까지 오른 진천곤(振天棍) 관여락 공자까지 식객으로 계시니 더는 무도관으로 있을 수가 없었죠. 제자가 되겠다고 찾아오는 사람들이 하루에만도 수백 명이 넘으니 자연히 제자를 가려서 받게 되고, 또 그러다 보니 점차 자연스레 문파의 틀이 잡힌 것입니다. 그래서 이젠 청무도장을 아무도 일개 무도관이라 여기지 않습니다. 엄연히 무림의 문파입니다. 그것도 강서에서는 벌써 강서팔문의 기세를 뛰어넘을 정도로 강력한 신흥문파로 부상하고 있죠."

새삼 청무도장이 그립다. 과연 어떻게 변해 있을지도 새삼 궁금했다.

그렇게 그간의 소식을 듣는 사이 염장의 처소에 이르렀다.

안부야 전할 만큼 전했고 들을 만큼 들었다.

달리 서론이 필요한 것도 아니었고 격식을 차릴 사이도 아니었다. 그리해 천풍은 염장의 처소에 자리를 잡고 앉자마자 장안의 상황부터 염장에게 설명했다.

설명을 듣고 난 염장이 놀란 눈을 휘둥그레 떴다.

"장안에서 그 같은 일이 벌어지고 있었단 말입니까?"

전혀 금시초문이라는 표정이다.

한 번 더 안심을 했다. 하지만 한 번 더 확인차 물었다.

"장안 상인들의 염가상단에서 섬서의 상권을 노리는 것이라 했습니다. 그들에게 요구한 것도 염가상단에 드는 것이었구요. 한데 어찌 염 단주님께서 모를 수가 있습니까?"

"물론 저희 상단이 섬서의 상권을 욕심내는 것은 맞습니다. 섬서뿐만 아니라 도문의 멸문으로 무주공산이 되어 있는 호북도 저희가 노리고 있습니다. 그래서 호북과 섬서의 상권을 염가상단으로 흡수하기 위해 그곳 상인들을 회유하고 있는 것 또한 틀림없는 사실입니다. 그러나 저희는 상인이지 도둑이 아닙니다. 그처럼 무도한 일까지 저지를 만큼 상도의를 모르지 않습니다. 천절문에서 그런 일을 자행하고 있을 거라고는 정말이지 상상도 하지 못했습니다."

염장의 말에 마화가 이해가 안 간다는 듯 물었다.

"그럼 천절문의 독단적인 행동이라는 말씀인데, 그들이 왜 그러는 거죠? 염가상단의 뜻도 아닌데 염가상단을 위해 그렇게까지 하는 이유가 대체 뭐예요?"

"그야 당연히 돈입니다."

"……?"

"염가상단의 이익 중 칠 할이 천절문으로 들어갑니다. 그뿐만 아니라 상단에서 관리하고 있는 상당수의 점포도 천절문으로 넘어간 상태입니다."

"그게 무슨……?"

이번엔 천풍이 이해 못 하겠다는 듯 물었다.

"천절문을 세운 건 염 단주님이 아니십니까?"

다시 말해 어디까지나 염가상단이 주(主)고 천절문은 종(從)인 관계인 것이다.

한데, 배보다 배꼽이 커도 유분수지 주인이 삼인데 종이 칠을 가지다니?

"처음에는 절반으로 나누었습니다만 천절문의 덩치가 워낙에 커져 버려서 지금은 절반으로는 유지 자체가 불가능한 지경입니다. 그래서 저희 상단에서 호북과 섬서를 욕심냈던 것인데, 천절문에서 그렇게까지 무리하게 일을 벌이고 있을 줄은……."

"그럼 역시 장안 상인들에게 세 배의 세금을 요구한 것도 염 단주님의 뜻이 아니로군요."

"평생을 장사로 먹고산 몸입니다. 그만한 세금이 장사치들한테 어떤 의미인지 누구보다도 잘 알고 있는데 그런 말도 안 되는 요구를 할 리가 있겠습니까?"

마음이 한결 편해졌다.

마음 깊은 곳에 숨어 있던 티끌만 한 의심마저도 지웠다.

염장이 예전 자신이 알고 있는 그대로의 염장이라는 것이 더없이 기분 좋았다. 게다가 이로써 장안 상인들에게도 희망이 생겼다.

"그럼 장안 상인들이 조금이라도 피해를 덜 입도록 서둘러 천절문을 철수시켜 주십시오."

그것이 염장의 뜻이 아니었다면, 그럼 이제라도 천절문을 철수시키면 그만이었다.

한데, 안타깝게도 주종 관계가 뒤바뀐 건 단지 이익에 관한 것만이 아닌 모양이었다.

"천절문은 이미 제가 통제할 수 있는 것이 아닙니다. 저희 상단에서 관리하고 있는 상당수의 점포마저도 이미 천절문으로 넘어가 버린 상태이니…… 오히려 이제는 저희가 천절문의 눈치를 살펴야 하는 지경입니다. 더욱이 공자님께마저 그런 무례를 서슴지 않은 것을 보면 단단히 작정을 한 것이 틀림없습니다. 그처럼 무리하게 일을 벌이는 것을 보면 염가상단은 그저 명분일 뿐, 섬서 상권을 그들이 직접 관리하기로 정한 것이 분명합니다."

결국 염장조차 그들의 패악에 대한 대안이 되지 못한다는 말이다.

들으면 들을수록 기가 막힐 따름이다.

염가상단을 상대로도 배은망덕한 짓을 서슴지 않고 있다는 것을 알고 나니 장치성이 자신에게 함부로 굴 때보다 더 화가 치밀어 올랐다.

이제 더는 참기가 힘들다.

고삐 풀린 망아지처럼 날뛰어대는 천절문을 그대로 놓아둘 수가 없다. 그대로 두다가는 얼마나 더 많은 사람들이 그 흉포한 발길질에 채이게 될지 모른다. 게다가 장안을 떠나올 때 그에게 보내던 장안 상인들의 그 간절하고 절박했던 눈동자도 더는 외면할 수 없다.

"할 수 없군요."

염장이 안 된다면 그라도 직접 나서는 수밖에 없다.

"어찌하실 생각이십니까?"

염장이 걱정스레 물었다.

"아무리 생각해도 방법은 하나뿐인 듯합니다."

"……?"

"장치성 그자의 말대로 옥면신룡이야 천절문의 일에 관여할 자격이 없다지만 천하오절은 다르지 않겠습니까? 어디까지나 천하오절의 이름 앞에 모였고 천하오절의 이름으로 세워진 곳이니까 말입니다. 그러니……."

"……?"

"천하오절의 이름으로 천절문의 해체를 선포하겠습니다."

제 14 장

집필! 집필! 집필! 그리고……

"이상해. 아무래도 뭔가 이상하단 말이야."

마화가 연방 그렇게 중얼거린다.

염장의 처소를 빠져나온 순간부터 줄곧 저랬다. 염장이 마련해 준 객실로 들어서고부터는 더했다.

"대체 뭐가 그리 이상하다는 말씀입니까?"

"그러니까 그걸 모르겠다니까요. 큰 오라버니, 큰 오라버니는 뭔가 안 이상해요?"

이젠 마립에게마저 동조를 구한다.

한데, 또 마립이 그에 동조를 해 버린다.

"이상하긴 하지."

그들 남매를 보는 천풍의 눈에 살짝 짜증이 어렸다.

'고양이가 생쥐에게 쫓기고 호랑이가 토끼에게 잡아먹히는 걸 본 것도 아닐 텐데 대체 뭐가 그리들 이상하다는 건지…….'

천풍이 마음속으로 그렇게 투덜거리는데, 마립이 천풍을 보며 물었다.

"염 단주라는 사람 말입니다. 정말로 믿을 수 있는 자입니까?"

"왜 그러시는지?"

"딱히 별다른 뜻이 있어서 그러는 것은 아닙니다만…… 아니, 솔직히 말씀드리면 대협을 대하는 것이 그다지 진실 되어 보이지가 않았습니다. 뭔가 숨기는 것이 있는 듯 보였습니다. 말을 앞세우는 자 같지는 않았는데 변명의 말도 쓸데없이 길었고……."

"그렇죠. 바로 그거예요. 뭔가 켕기는 게 있는 게 분명해요."

마립의 말에 마화가 자신이 하고 싶었던 말이 그거라는 듯 맞장구를 쳤다.

"더구나 듣기로는 염가상단의 단주는 맨몸으로 지금의 염가상단을 일궈낸 입지전적인 인물이라 들었습니다. 성공한 장사치라면 자신의 것을 그리 쉽게 빼앗길 리가 없습니다. 대륙에서도 내로라하는 거대 상단을 꾸리고 있는 자가 통제도 못 할

문파를 세울 리도 없거니와 그런 염 단주를 휘두를 만큼의 수완이 천무구룡에게 있다고도 믿기 힘듭니다."

"그럼 조금 전 염 단주가 제게 했던 말들이 전부 거짓이라는 말씀입니까?"

"어디까지나 그럴 수도 있다는 가정입니다. 적어도 제 경험으로는 장사치들이란 그리 믿을 만한 족속들이 아니라서요. 두 번 세 번 의심을 해도 부족한 것이 돈을 눈앞에 둔 장사치들입니다."

"금사원의 공 원주님은 믿고 계시지 않습니까?"

"공가는 친우로서 믿는 것이지 장사치로는 조금도 믿지 않습니다."

"맞아요. 우리랑 거래하는 장물아비 중에서 가장 짠돌이가 공 오라버닌데요, 뭐. 천 냥은 족히 나갈 도자기를 그 구라발에 속아서 서른 냥에 넘긴 걸 생각하면…… 아휴! 그때 생각하니 또 열받네! 큰 오라버니만 아니었으면 진즉에 척추뼈 두어 개는 분질러 버렸을 텐데!"

정말이지 분함이 가시지 않는 듯 두 눈에 독기를 번들거리는 마화다.

"그러나, 저도 마찬가지입니다. 제가 믿는 것도 그간 제가 알아 왔던 염장이라는 사람이지 염가상단의 단주로서가 아닙니다. 그분 또한 상인으로서 저를 대하고 있다고는 생각지 않습니다."

천풍이 그렇게 단호히 말을 하니 마립도 마화도 더는 불편한 말을 할 수 없었다.

하지만 이미 불편해진 마음은 나아지지 않았다.

불쾌했다. 염장을 함부로 의심하는 그들의 무례함 때문이 아니었다. 오히려 그들의 말이 하나도 틀린 것이 없었기 때문이었다.

그들의 말대로 혼자 힘으로 염가상단이라는 거대 상단을 이끌고 있는 염장이, 무림사세도 아니고 기껏 천절문의 눈치나 봐야 할 지경이 되었다는 건 도무지 말이 안 되는 상황이다.

'그것도 세워진 지 불과 반년도 되지 않아 제대로 된 규율도 체계도 잡히지 않은 신생문파인데…….'

마립에게는 자신이 염장을 믿는 것이 염가상단의 단주로서가 아니라 그동안 자신이 알아 왔던 염장이라는 사람 그 자체라 했지만, 과연 자신이 염장에 대해 얼마나 알고 있는가를 생각해 보면 여산삼귀에 대해 아는 것만큼도 자신할 수가 없었다.

십 년이라는 세월이 염장에 대한 마음을 더하고 보태서 각별함으로 포장했지만, 그 십 년의 세월을 빼고 나면 결코 온전한 믿음으로 얽혀 있는 관계는 아니었다. 온전한 믿음은커녕 무림대회에서는 천풍을 천절문의 주인 자리에 앉히기 위해서 심지어 천무구룡을 부추겨 천풍과 싸우게끔 계략을 꾸미기도 했었다. 무림대회장을 급히 떠나온 것도 그런 염장의 농간질이 불쾌하고 짜증 나서였다.

"설혹 정말로 염 단주님께 다른 속셈이 있고 그래서 나를 속이고 있는 것이라 해도 이젠 상관이 없습니다."

천풍이 못내 불쾌해지는 마음을 털어내며 마등을 보았다. 마등은 지금 서탁에 앉아 어울리지 않게도 묵향을 풍기며 한창 장문의 글을 쓰고 있었다.

천하오절의 이름으로 천절문의 해체를 선포하는 공고문이었다. 원래는 천풍이 직접 쓰려고 했었지만 천풍의 필체에 경악을 해서는 붓을 빼앗아 든 것이었다.

마립이라면 모를까, 도무지 붓과는 어울리지 않는 마등인지라 처음에는 반쯤 장난으로 생각했다. 한데, 아니었다. 장난도 아닐뿐더러 하얀 한지 위에 써 내려가는 글씨는 여느 문객의 글씨보다도 더 수려했다.

수려한 글씨도 글씨지만 거침없이 써내려 가는 문장들도 힘이 넘쳤다. 호소력도 상당해서 이미 그 내용을 알고 있는데도 읽어 내려가다 보니 절로 가슴이 뜨거워지기까지 했다.

정말로 놀랐다. 그저 단순 무식해만 보이던 마등에게 어떻게 이런 재주가 다 있는 건지 실로 뒤통수라도 한 대 맞은 기분이었다.

'이렇게나 뛰어난 글솜씨를 가지고 있는데 자작시는 왜 그렇게 형편없었던 거지?'

게다가 기껏 도연명의 시나 개작을 하지 않았던가.

'하긴, 시는 무엇보다 감성인데 문장력은 뛰어날지 몰라도

감성과는 거리가 좀 있긴 하지.'

어쨌거나 내일이면 천하오절의 이름으로 천절문의 해체가 선포된다. 그리되면 해체까지는 아니더라도 상당수의 문도가 천절문을 떠날 것이고 또한 그 이상의 힘을 잃게 될 것이 분명했다.

결코 지금과 같은 위세는 없을 것이다. 장안에서와 같은 무도한 짓도 더는 하지 못하게 될 것이다.

그거면 되었다. 천절문이 더 이상 세상에 해악을 끼치지만 않는다면 이전의 잘못을 따질 생각도, 염장의 속마음을 굳이 들추어내 시시비비를 가리고 싶은 마음도 없었다.

그렇게 불편하고 불쾌한 의심을 접었다.

그러나 그러한 생각이 얼마나 안일한 것이었는지를 깨닫기까지는 불과 하루면 되었다.

*　　*　　*

다음날 아침이었다.

마등이 쓴 해체 공고문을 어디에다 붙여야 하나를 놓고 고민을 하고 있을 때였다.

"이봐! 이봐! 내 이럴 줄 알았다니까! 그러게 내가 이상하다고 했잖아! 처음부터 뭔가 의심스럽더라니까! 그러게 내 말 안 듣고 사람 좋은 척만 하니까 이렇게 뒤통수나 맞는 거라고!"

마화가 천풍의 방으로 뛰어 들어오며 그렇게 분통을 터트려 댔다. 천풍이 무슨 일인지 어리둥절해하고 있을 때, 마립이 마화의 뒤를 따라 들어오며 천풍에게 무언가를 내밀었다.

"이걸 한 번 보십시오."

마립 역시도 표정이 안 좋았다.

무슨 일인가 싶어 마립이 내민 것을 받아 들고 보니 '천하무림에 고한다!' 라는 글로 첫머리가 장식되어 있는 벽서 형태의 포고문이었다.

천하무림에 고한다!

이 글은 세간에 떠도는 무수한 오해들과 근거 없는 소문을 바로잡아 천절문의 정통성을 바로 세우기 위함이다.

거두절미하고, 천절문은 천하오절과는 무관함을 밝힌다. 본문의 형제들 중 그와 관련된 자가 있는 것은 분명하나, 그것은 어디까지나 그들의 개인사일 뿐 본문과 천하오절의 관계를 규정짓는 잣대가 될 수는 없다.

본문은 천하오절과는 상관없이 어디까지나 무(武)를 지향하는 형제들이 의(義)로써 뭉친 무림의 무문(武門)이다. 앞으로 천년토록 본문이 나아갈 방향 또한 그와 같음을 이 글을 통해 천명하는 바이다.

천절문 이 대 문주 창룡검(蒼龍劍) 을지상(乙支上)

"이게 대체 뭡니까?"

"뭐나 마나 놈들이 먼저 선수를 친 거죠, 뭐."

"선수를 치다니……?"

"천하오절이 천절문의 해체를 선포하기 전에 먼저 그들이 천하오절을 버린 겁니다."

"……!"

"대협이 먼저 천절문의 해체를 공표했다면 천하오절이 천절문을 내치는 것이 되어 천절문은 무문으로서의 힘을 잃고 근간부터 흔들렸을 테지만, 그들이 한발 앞서 천하오절과의 관계를 부정함으로써 그 의미가 완전히 바뀌었습니다. 물론 천하오절과의 관계가 끊어진 것만으로도 타격이 적지는 않겠지만 문파로서의 정통성을 확고히 하는 계기가 되어 오히려 내실은 더욱 튼튼해질 것입니다."

"다시 말해 대협이 하려 했던 해체 선언은 이로써 말짱 공염불이 되어 버렸다는 거예요. 그러니까 내가 말했잖아요. 그 염장인지 소금장인지 하는 인간, 꿍꿍이속이 영 수상쩍더라니까."

"그럼 이 일을 염 단주님이 벌였다는 말씀입니까?"

"그게 아니면요? 여길 보세요. 천절문 이 대 문주 창룡검 을 지상이라고 적혀 있잖아요. 천하오절과의 관계마저 부정한 마당에 옥면신룡을 문주 직에서 끌어내리는 거야 당연한 일이라지만, 같은 이유로 천무구룡을 내세우기에도 마땅치 않은 것도 사실이지만 그래도 이건 너무 졸속하잖아요. 취임식이니 퇴임식이니 그런 건 차치하고라도, 창룡검 을지상이라뇨? 이런 듣도 보도 못한 작자가 이 대 문주라뇨? 이건 뭐 이름부터 졸속으로 지은 티가 팍팍 나지 않나요? 이렇게까지 졸속으로 일을 벌인 이유가 뭐겠어요? 대협보다 먼저 이 포고문을 세상에 내놓기 위해서죠. 다시 말해 어제 대협이 염장 그자에게 했던 말이 천절문으로 흘러들어 갔다는 거예요. 놈들이 어떻게 알았겠어요? 설마하니 우리한테서 흘러나왔겠어요?"

포고문을 본 순간 천풍의 의심도 곧장 염장을 향했었다. 하지만, 그럼에도 혹시나 하는 한 줌의 기대를 차마 버리지 못했다. 그 한 줌 기대마저도 버려 버리기에 이 일은 너무도 악의적이었다.

명색이 거대 상단의 주인이라는 사람이다. 늘 같이하지는 못했지만 그래도 십 년의 세월을 두고 알고 지낸 사람이다. 그런 염장이 자신을 면전에 두고 이렇게까지 기만을 할 리가 없다. 아무리 탐욕이라는 것이 사람의 마음을 병들게도 한다지만 그런 염장이 자신을 이렇게까지 노골적으로 바보 취급을 하고 뒤통수를 후려칠 리가 없다.

하지만, 그럴 리 없다 부정을 하면서도 들불처럼 일어나는 의심은 좀처럼 수그러들지가 않았다.

천풍이 자리를 털고 일어섰다.

"어쩌시게요?"

"염 단주님을 뵈어야겠습니다."

지체하지 않고 곧장 방을 나섰다.

그런 천풍의 걸음은 마음속 혼란만큼이나 불안하고 어지러웠다.

*　　*　　*

천풍이 염장과 마주하고 앉았다.

"어찌 된 일입니까?"

천풍의 물음에 염장이 곤혹스러운 표정을 했다. 아니, 천풍이 이 방에 들어온 순간부터 줄곧 그랬다. 천절문의 포고문에 대해서도, 천풍이 어떤 마음으로 자신을 찾아왔는지도 이미 알고 있는 것이다. 그래서 앞뒤 말 다 자르고 던져 오는 질문에도 그 뜻을 바로 알아듣는다.

"저도 어찌 된 영문인지 도무지 알 수가 없습니다."

곤혹스러움 이면에는 당당함이 있었다.

"그러나 우연일 리가 없습니다. 우연이라고 하기에는 너무 절묘하고 또 너무 작위적입니다."

천풍이 염장을 날카롭게 쏘아보았다.

그 날카로운 눈빛 속에 자신을 향한 의심이 있음을 알면서도 천풍의 의심을 충분히 이해한다는 듯, 그러면서도 자신의 무고함 또한 분명한 사실이라는 듯 그 시선을 묵묵히 받아낸다.

"그렇습니다. 우연이 아닙니다. 그 포고문은 다분히 공자께서 어제 하신 말씀을 염두에 두고 쓰인 것이 분명합니다."

"한데도 염 단주님은 모르시는 일이라는 겁니까?"

"모르는 일입니다."

찰나의 주저함도 없이 고개를 내젓는다.

"저도 아니고 단주님도 아니라면, 그럼 이 방에 다른 귀가 있다는 뜻이군요."

"저들이 저를 감시라도 하고 있었을 거라는 말씀이시라면…… 그럴 리가 없습니다."

"어째서죠?"

"저를 감시해서 얻을 게 아무것도 없기 때문입니다. 이미 제게서 얻어낼 수 있는 것들은 다 가져갔으니까 말입니다."

"제가 염 단주님을 만나고자 한다는 것을 사전에 알고 있었을지도 모르지 않습니까?"

"그리 기민하게 움직이는 자들도, 매사에 철저한 자들도 아닙니다. 공자님이 제게 도움을 청하신다 해도 제가 아무것도 해 줄 수 없는 처지라는 것을 또한 누구보다도 잘 알고 있는 그들이 굳이 이곳에 그들의 귀를 심어 뒀을 거라고는 역시 생각할 수 없습니다."

차근차근 짚어가는 말은 진솔했고 눈빛은 그보다 더 진실되어 보였다. 자신에게 닿아 있는 의심을 다른 곳으로 떠넘기려고도 하지 않는다. 하지만, 그런 염장을 보는 천풍은 전혀 기꺼운 마음이 아니었다.

'대체 언제까지…….'

염장의 진솔한 말을 들으면 들을수록, 그보다 더 진실 된 눈빛을 보고 있으면 보고 있을수록 천풍의 마음에 깃드는 것은 믿음이 아니었다.

'대체 얼마나 더 사람을 바보 취급하려는 거지?'

분노였다.

자신을 놀리고 있다.

자신을 기만하고 있다.

염장의 말은 진솔한 것이 아니었다. 그 눈빛도 진실 된 것이 아니었다. 그저 진솔한 척 진실 된 척 연기를 하고 있을 뿐이다.

그랬다. 연기를 하고 있다.

참으로 천연덕스럽게, 참으로 완벽하게…… 그러나 그런 열연에도 불구하고 천풍은 그것이 연기임을 바로 알아차렸다.

염장의 연기는 천풍을 깜빡 속여 넘기기에 충분할 정도로 완벽했지만, 안타깝게도 조금 전 무언가를 알리러 들어왔다가 얼떨결에 합석해 버린 조충에겐 염장과 같은 연기력이 없었다. 그처럼 뻔뻔하지도 않았다.

염장의 연기가 빛을 발하면 발할수록, 무르익으면 무르익을수록 안절부절못하고 있었다.

염장이 하는 말 전부가 거짓이라는 것을 알고 있었다. 그럼에도 지금까지 참고 대화를 끌고 온 것은 대체 어디까지 밑바닥을 보이는지, 염장이라는 사람의 얼굴 가죽이 대체 얼마나 두꺼운 건지 그 끝을 확인하고야 말겠다는 오기에서였다.

그리고 그 끝에 남은 것은 치 떨리는 분노와 배신감이다.

더는 염장의 얼굴을 마주 보고 있을 수가 없다.

이대로 더 오기를 부리다가는 마지막 인내마저도, 아니, 한 줌 남은 인성마저도 잃어버리게 될 것 같았다.

그리해 피가 거꾸로 솟는 분노를 피가 나도록 이를 악물어 참고 몸을 일으켰다. 몸을 일으키자마자 뒤도 돌아보지 않고 염장의 방을 빠져나왔다.

적어도 지금 이 순간만큼은 염장이 자신을 불러 세우지 않기를 간절히 바랐다.

제발 지금 이 순간만큼은 염장의 목소리가 자신의 귀에 닿지 않기를 간절히 바랐다.

만일, 지금 이 순간에 염장이 그를 불러 세운다면, 염장의 목소리가 자신의 귀에 닿는다면 그 후가 어떻게 될지 자기 자신도 짐작 못 할 만큼 천풍의 가슴속은 핏빛으로 물들어 있었다.

"아무튼 네놈은 도움이라고는 눈곱만큼도 안 돼. 하필이면 왜 그때 들어와서는 산통을 다 깨 놔!"

천풍이 나가자마자 염장이 조충을 보며 그렇게 면박을 줬다.

"뭐, 내가 알고 그랬소? 그렇게 아침 댓바람부터 들이닥친 소 공자가 문제인 거지. 그러게 그냥 다 털어놓고 정면으로 밀고 나가자니까, 이게 대체 무슨 쪽팔리는 일이요? 소 공자 표정을 보니까 형님 거짓부렁은 아예 씨도 안 먹히는 거 같더구만."

조충이 도대체가 못마땅하다는 듯 투덜거렸다.

염장이 어이없다는 눈으로 그런 조충을 본다.

"그게 다 누구 때문인데? 네놈이 등신같이 구니까 다 들통난 거 아냐? 네놈만 아니었으면 설혹 의심은 받더라도 이렇게까지 소 공자의 마음이 돌아서진 않았을 텐데, 네놈이 옆에서 꼴같잖게 갓 시집온 새색시처럼 안절부절못해서는 얼굴이나 붉혀대고 앉았으니 뭔 일이 되겠느냔 말이다!"

"알았소, 알았어. 형님은 참 얼굴 두꺼워서 좋겠수. 거참! 아무리 얼굴이 두꺼워도 그렇지, 그건 좀 너무하지 않소? 소 공자도 형님이 거짓말하고 있다는 걸 뻔히 알고 있고, 형님도 소 공자가 속고 있지 않다는 걸 뻔히 알고 있으면서 어찌 그리 태연히도 거짓말을 할 수 있느냔 말이오. 그러니 소 공자가 더 화내는 것 아니냔 말이오. 거짓말이 들통난 걸 알았으면 그때서라도 사실대로 말했어야지……."

"때로는 서로 뻔히 다 알고 있는 사실이라도 입 밖으로는 내지 말아야 할 때가 있는 법이야. 우리가 소 공자와 앞으로 아예 보지 않을 수 있다면야 다 터놓고 선택을 소 공자에게 맡기면 간단하겠지. 우리와 연을 이어 가겠다고 하면 그보다 더 좋은 일이 없겠지만 끝내 우리와 연을 끊겠다고 하면 끊어 버리면 그만이니까. 그러나 소 공자의 뒤에 천하오절이 있는 이상 언제 어디서 어떤 형태로 맞닥뜨리게 될지 알 수 없는 일이야. 그때를 위해 여지를 남겨 두는 거지. 지금 당장이야 끝까지 우롱을 당했다는 생각에 더 화가 나겠지만 그렇게 남겨 둔 여지가 차후 인정이 들어갈 틈이 되어 줄 테니까. 그때를 위해선 얼굴 좀 뜨거워지는 것쯤이야 참아야지."

염장의 설명에 고개를 잘래잘래 흔드는 조충이다. 이럴 때면 새삼 염장의 치밀함에 혀를 내두르게 된다.

일찌감치 무인의 길을 접은 건 탁월한 선택이었다.

아마도 상인이 되지 않았다면 희대의 모사꾼이 되었거나 명재상으로 역사에 이름을 새기지 않았을까?

"그보다……."

염장이 말문을 돌렸다.

"일을 서둘러야겠다."

"끝내 그 일을 추진하실 생각이시오?"

현재 염가상단은 대대적인 거사를 준비 중이었다.

일명 금선탈각(金蟬脫殼)의 계(計).

매미가 허물을 벗듯 염가상단도 염가상단이라는 허물을 벗는다.

염장이 천풍에게 했던 말 중에 거짓이 아니었던 것이 하나 있었다.

염가상단이 관리하고 있는 상당수의 점포가 천절문으로 넘어갔다는 말, 그것만큼은 틀림없는 사실이었다. 다만 빼앗긴 것이 아니니다. 스스로 넘겼다. 천절문이 허물을 벗은 염가상단의 새 허물이 되어 줄 테니까.

염가상단과 천절문을 하나로 합칠 계획이었다.

염가상단이 천절문과 하나가 된다면, 그 응집력이라면, 그 폭발력이라면 능히 대륙 최고가 될 수 있다. 도문의 멸문으로 섬서와 호북의 상권이 주인을 잃은 지금이 대륙 상권의 정점에 오를 수 있는 가장 최적기다.

그러하기에 지금이어야만 한다.

그러하기에 지금의 기회를 놓칠 수가 없다.

상도의를 저버려야 한다면 그리할 것이다.

세상의 비난을 한 몸에 받아야 한다면 또한 그리할 것이다.

그의 오랜 숙원이자 염원을 이루기 위해서는 지금은 그 어떤 것도 돌아보지 않고 몰아붙여야 할 때였다.

"게다가…… 소 공자가 우리와 길을 달리하게 된 이상, 더더욱 천절문과의 합을 서둘러야 해. 소 공자가 가지고 있는 지분 삼 할을 고스란히 넘겨줄 수는 없는 일이니까 말이야."

비록 금선탈각의 계로 인해 천절문에 흡수되는 염가상단이지만 그 이름만은 남겨둘 계획이었다. 다른 그 어떤 이유도 아닌, 천풍이 가지고 있는 삼 할의 지분 때문이었다.

지금의 염가상단이라면 삼 할이 아깝지 않다. 황산사 이만 권의 비급이 아니었다면 어차피 지금의 염가상단은 존재하지도 못했을 것이다.

그러나 앞으로 그가 대륙에 세워 나갈 대제국은 아니었다. 그 누구와도 나누고 싶지 않았다.

그리해 염가상단의 이름을 남겨 두기로 했다. 단지 이름만은 아니었다. 천풍이 가진 지분 삼 할을 가장 합당한 가격으로 책정해서 딱 그만큼을 남겨 둘 생각이었다. 그것이 오늘의 염가상단을 있게 한 것에 대한 그 나름의 도리였다.

'이 양반도 참…….'

어떤 집념으로 번들거리는 염장의 눈빛을 보며 조충이 뒷머리를 긁적였다.

대체 어디까지 가려는 건지 모르겠다.

'과연 나중에 가서 제대로 멈출 수나 있을지…….'

염장이 그렇게 내달리기 시작한 것은 도문의 난주 지부가 몰살을 당하면서부터였다.

도문이 뿌리째 흔들리고 호북과 섬서 상권이 불안해지자 그때부터 염가상단이 아닌, 대륙을 보기 시작했다. 그리고 점차 속도를 내더니 이젠 돌아보는 법도 멈추는 법도 잊어버렸다.

만일 그렇지 않았다면 이처럼 천풍에게 줄 삼 할의 지분을 아까워하지는 않았을 것이다. 그것이 아까워 이런 꼼수를 부리는 짓은 더더구나 하지 않았을 것이다.

안타깝게도 염장을 멈춰 세우기엔 이미 때를 놓쳐 버렸다. 설혹 그 길의 끝에 지옥불이 기다리고 있다 하더라도 이제는 같이 달려갈 수밖에 없다. 그것이 자신이 택한 주인에 대한 조충의 충의였다.

*　　*　　*

한편, 천절문의 선언으로 인해 소주 거리는 그 얘기로 몇 날 며칠을 떠들썩했다.

"암! 그렇고말고! 그만큼 우리 천절문이 대단해졌다는 것 아니겠어? 이젠 누가 뭐라 해도 우리 천절문이 무림사세가 아니겠냐고. 이 정도 되었으면 천하오절이라는 꼬리표는 이제 뗄 때가 된 거야!"

"그러니까 말이야. 얼굴도 한 번 본 적이 없는 천하오절이 다 무슨 소용이라고. 옥면신룡은 또 어떻고? 말이 나왔으니 말이지만 난 처음부터 마음에 안 들었어. 문주라는 자가 천절문은 내팽개쳐 두고 허구한 날 어디를 그렇게 싸돌아 다니는 건지 원…… 문주가 그 모양인데 문파가 잘될 리가 있어? 차라리 잘된 거야. 속 시원하게 잘 쫓아냈어. 도리어 이제야말로 우리 천절문이 제대로 웅지를 펼칠 수 있게 된 거지. 벌써 무림사세와 어깨를 나란히 하게 되었는데 이 추세라면 천하제일인들 못 될 게 뭐가 있겠냔 말이야!"

소주 시내 곳곳에서 호기가 넘쳐흘렀다.

물론 그 포고문이 나붙은 후로 천절문을 떠나는 자가 없지는 않았다. 아니, 썰물이 빠져나가듯 하루에도 수십, 수백 명이 무수히 빠져나가고 있었다. 지금의 추세라면 나중에는 오만에서 채 절반도 남지 않게 될지도 몰랐다.

하지만 마립의 예측대로 문파로서의 내실은 튼실해지고 있었다.

그저 천하오절의 비급을 얻기 위한 수단에 불과했던 것이 이젠 천절문이라는 이름에 대한 자부심이 그들을 뭉치게 하고 있었다.

"아, 정말 울화통이 터져서 참을 수가 없네. 배은망덕도 유분수지, 천하오절이 아니었으면 여전히 뒷골목에서 애들 푼돈이나 뜯어먹고 살고 있을 쓰레기 같은 것들이 어디서 되도 않게 거드름질이야?"

그렇게 분통을 터트린 마화가 천풍을 보며 답답하다는 듯 물었다.

"대체 언제까지 여기서 되도 않는 잡소리나 듣고 있을 거예요? 정 화가 나면 아예 깡그리 쓸어버리던가, 그도 아니면 모든 걸 훌훌 털어 버리고 이곳을 떠나든가 할 것이지 찌질하게 뭐예요, 이게?"

염장의 배신으로부터 벌써 닷새째였다.

대체 무슨 생각인 건지 소주에서 떠날 생각을 하지 않고 있었다. 처음에는 염장의 배신이 워낙에 충격이 컸던 탓에 어찌할지 갈피를 못 잡고 있는 것이겠거니 했다. 실제로 염장의 방에서 뛰쳐나올 때의 천풍은 이성의 끄트머리 한 자락을 겨우 겨우 붙들고 있는 얼굴이었고, 그로부터도 얼마간은 말 한마디 쉽게 건네기가 힘들 만큼 살벌한 분위기를 사방으로 줄기줄기 뿜어내기도 했었다.

하지만 그 다음 날부터는 또 완전히 말끔해진 얼굴이었다. 그 얼굴에는 염장에 대한 실망도, 배신에 대한 분노도 전혀 남아 있지 않았다.

그래서 이 순진한 청년이 이제야 세상의 쓴맛을 알아가나 보다, 엉덩이라도 토닥거려 주고 싶을 만큼 대견해하기도 했었다. 한데, 어쩐 일인지 그로부터 닷새가 지난 지금까지 아무 반응이 없다.

그냥 소주에서, 소주의 주루나 객잔에서 세월만 죽이고 있다. 여기저기서 들려오는 천절문도들의 배은망덕하고 시건방진 소리마저도 전혀 개의치 않고 속없는 사람처럼 마냥 듣고만 있다. 한 번도 싫은 내색을 하거나 불쾌한 표정을 짓는 적이 없었다.

그렇게 닷새였다.

이젠 천풍이 무슨 생각을 하는지, 아니, 생각이라는 걸 하고나 있는 건지 의심스러울 지경이었다.

그때였다.

"이것을 장안의 상인 분들께 전해 주십시오."

천풍이 여산삼귀 앞으로 봉투 하나를 내민다.

여산삼귀가 의아해하며 물었다.

"이게 뭡니까?"

"돈입니다."

천풍의 간단한 대답에 더욱 의아해한다.

먼저 봉투를 집은 것은 역시 마화였다.

마화가 봉투를 열었다. 그리고 이내 내용물을 꺼내 들었다.

"이, 이게……?"

순간, 그렇지 않아도 유난히 크고 동그란 마화의 눈이 더할 수 없이 커졌다.

일금 이만오천 냥.

전표였다. 그것도 무려 은자 이만오천 냥이라는 거금이었다.

혹시 가짠가 싶어 살피니 틀림없는 진짜였다. 게다가 그녀를 더욱 놀라게 한 것은 그 전표가 염가상단의 전표라는 것이었다.

"혹시…… 훔쳤어요?"

그 순간에 할 수 있는 지극히 당연한 질문이었다. 하지만 그래서 또한 지극히 빈곤한 상상력이기도 하다. 그녀의 상상력이 안타깝게도 그녀의 가슴만큼은 되지 않는 모양이었다.

당연히 훔치지 않았다.

"제 몫의 지분에서 얼마간 찾아온 것뿐입니다."

인근 전장을 모조리 훑었으니 사실 예전 같았으면 이보다 몇 배는 더 모았을 것이다. 하지만 염장의 말대로 이곳 소주의 전장들조차 거의 대부분이 천절문으로 넘어가 버린 상태라 끌어모은다고 끌어모았는데도 이만 오천 냥밖에는 안 되었다.

"한데, 이 큰돈을 장안 상인들에게 전하라 하시면?"

마립이 여전히 이해할 수 없다는 얼굴로 그렇게 물었다.

"더는 천절문에 시달릴 것 없이 염가상단의 뜻에 따르라 전해 주십시오. 이거면 당분간의 세금은 충당이 될 것입니다."

천풍의 말에 마화가 발끈해서 외쳤다.

"그럼 저 같잖지도 않은 작자들한테 꼬리를 내리라는 거예요? 그럼 이제껏 여기서 미적대고 있었던 게 이렇게 자포자기하려고 그랬던 거예요?"

"말씀드렸다시피 어디까지나 당분간입니다."

"당분간이면 그 후에는요? 그 후에는 다른 특별한 계획이라도 있는 거예요?"

"예, 특별한 계획이라는 거…… 있습니다."

"……?"

"그래서 말씀인데 필사에 능한 문사들을 좀 모아 주셨으면 합니다."

"필사에 능한 문사들은 왜요?"

"책을 좀 만들어 보려고요. 좀 많이 만들 거라 좀 많이 필요합니다. 백 명이든 이백 명이든……."

"대체 무슨 일을 벌이시려는 건지…… 책이니 문사니 그건 또 뭐고……?"

여산삼귀는 그저 황당하고 어리둥절할 뿐이다.
순간, 천풍의 눈빛이 달라졌다.
지금까지의 담담했던 눈빛이 아니었다.
지금까지처럼 어딘가 달관한 듯한 눈빛은 더더구나 아니었다.
번뜩이고 있었다. 마치 그때처럼…….
염장의 방에서 뛰쳐나올 때, 주체할 수 없는 분노로 이글거리던 그때 그 눈빛처럼…….
다만, 그때의 눈빛이 다듬어지지 않은 원석처럼 거칠고 사나웠다면 지금은 잘 다듬어지고 잘 벼려진 칼날처럼 섬뜩한 날카로움을 머금고 있었다.
"천하오절의 이름을 잃는다는 것이 어떤 의미인지를 저들에게 가르쳐 주겠습니다."
천풍의 말은 고조 없이 담담했지만 여산삼귀는 어떤 전율 같은 것이 등줄기를 타고 올라오는 것을 느꼈다.
"천하오절의 이름을 잃은 천절문이라는 것이 얼마나 하찮은 것인지 저들에게 똑똑히 깨우쳐 주겠습니다."
"……."
"세상의 도의라는 게, 신의라는 게 왜 중한 것인지도 보여 주겠습니다."
"……."
"어차피 이 모든 게 저로 인해 빚어진 일이고 천절문의 무도한 자들 또한 저로 인해 생겨난 것이니, 그 책임 또한 당연히 제게 있습니다. 그러니 저들의 무도함을 다스리는 것 또한 제가 할 일입니다. 그러나, 이번 일로 하나 알게 된 것이 있습니다. 사람에 따라서는 믿음이라는 것이 얼마나 무기력해질 수 있는지도 알았고 신뢰나 선의만으로는 해결할 수 있는 것이 그리 많지 않다는 것도 알았습니다. 그래서 말입니다. 그래서…… 이젠 제가 직접 통제를 해 보려구요."

천풍의 입가에 의미심장한 미소가 걸렸다.

도무지 무슨 말을 하는 건지도 모르겠고, 그 의미심장한 미소의 의미도 모르겠다.

여산삼귀가 그 말의 뜻을 알게 된 것은, 그리고 그 의미심장한 미소의 의미를 깨닫게 된 것은 그로부터 일 년 후였다.

일 년 후, 계곡의 얼음이 녹고 봄 새싹이 터올 무렵의 어느 날, 소문 하나가 세상에 나돌기 시작했다.

'천하오절의 비급을 원하는 자, 현천문으로 오라.'

『천극의 서』 6권에서 계속